मोगली के कारनामे
मुकेश 'नादान'
ज्ञान गंगा, दिल्ली

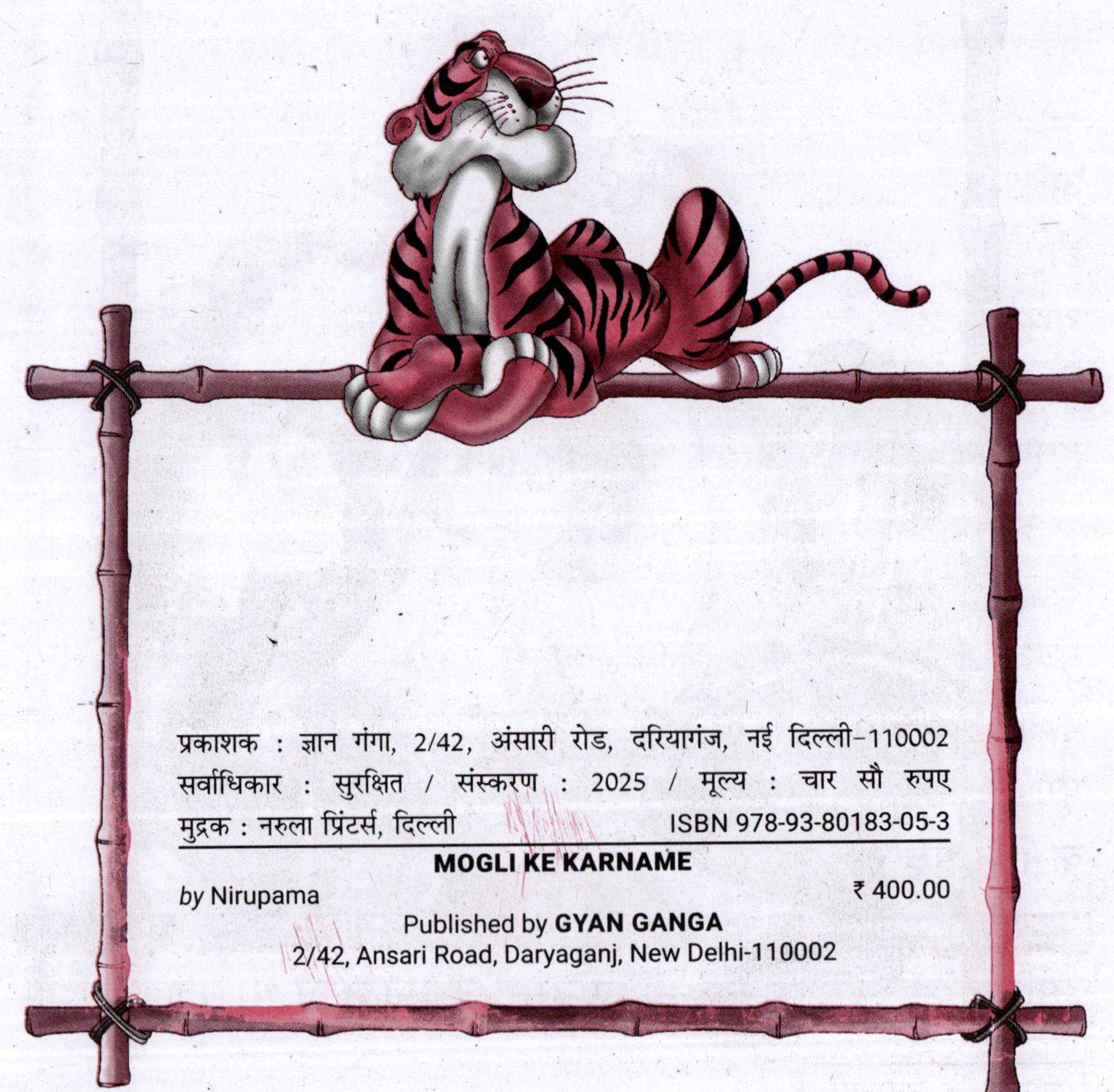

प्रकाशक : ज्ञान गंगा, 2/42, अंसारी रोड, दरियागंज, नई दिल्ली–110002
 / संस्करण : 2025 / मूल्य : चार सौ रुपए
मुद्रक : नरुला प्रिंटर्स, दिल्ली ISBN 978-93-80183-05-3

MOGLI KE KARNAME

by Nirupama

₹ 400.00
Published by **GYAN GANGA**
2/42, Ansari Road, Daryaganj, New Delhi-110002

गरमी का मौसम था। सिवनी की पहाड़ियों में बापू भेड़िया अपनी गुफा के अंदर शाम तक सोता रहा। जैसे ही उसे शाम के सात बजने का अहसास हुआ, तो उसने नींद भगाने के लिए एक लंबी जम्हाई ली और आँखें खोलकर अपने पंजों को फैलाने की कोशिश करने लगा। पास में ही माता भेड़िया अपने चार नन्हे-नन्हे बच्चों की पीठ पर अपनी लंबी थूथन रखकर आराम से सो रही थी। चाँद की रोशनी गुफा के अंदर दिखाई देने लगी। शिकार का उचित समय जानकर बापू भेड़िए ने लंबी हुंकार ली और नीचे छलाँग भरने लगा।

तभी बापू भेड़िया को गुफा के बाहर धीमी सी आवाज सुनाई दी। उसने दरवाजे पर देखा तो उसे लंबी पूँछवाली परछाईं दिखाई दी। वह परछाईं जूठन चाटनेवाले तबाकी की थी, जो कह रहा था, ''मैं ढेर सारी दुआएँ देता हूँ और भगवान् से प्रार्थना करता हूँ कि आज भाग्य तुम्हारा पूरा साथ दे और तुम्हें इतना शिकार मिले कि तुम हम जैसे भूखों को कभी न भूलो।''

तबाकी जहाँ भी जाता, कोई-न-कोई बदमाशी जरूर करता था। इसलिए हिंदुस्तान के सारे भेड़िए उससे नफरत करते थे। तबाकी गंदगी

के ढेर में से पुराने कपड़ों के चीथड़े व पुराने जूतों का चमड़ा ढूँढ़कर खा जाता था। जंगल के सारे भेड़िए तबाकी से डरते थे। जब तबाकी पागल हो जाता था तो बस दौड़ता ही रहता था और दौड़ते समय उसके रास्ते में जो कोई भी आता, वह उसे काट लेता था। तबाकी को देखकर जंगल का राजा शेर भी छिप जाता था। पागलपन में तबाकी भूल जाता था कि

दुनिया में उसे भी किसी का डर है।

बापू भेड़िए ने तबाकी से कहा, "आज तुम्हारे खाने के लिए घर में कुछ भी नहीं है।"

बापू भेड़िए की बात पर तबाकी को विश्वास नहीं हुआ और बोला, "हम जैसे छोटे प्राणी को तो सूखी हड्डी भी मिल जाती है तो हम लोग उसे भी दावत समझते हैं। गीदड़ों की तो पसंद-नापसंद का सवाल ही नहीं है।"

इतना कहकर तबाकी बापू भेड़िए की गुफा में घुसकर हिरण की सूखी हड्डी खोजकर निकाल लाया और उसे दावत समझकर खाने लगा।

हड्डी खाकर होंठ चटकारते हुए तबाकी बापू भेड़िए का धन्यवाद करने लगा और बोला, "आज की दावत में तो सचमुच ही मजा आ गया।" तबाकी स्वभाव से ही शरारती था। यह जानते हुए भी कि जंगल में किसी बच्चे के मुख पर उसकी प्रशंसा करना सबसे बड़ा अपशकुन है, वह फिर भी बापू भेड़िए के छोटे-छोटे बच्चों की प्रशंसा करने लगा, जिसे सुनकर बापू और माता भेड़िए को बहुत दुःख हो रहा था।

तबाकी अपनी शरारत का चुपचाप आनंद लेते हुए बोला, "हुजूर, क्या आप जानते हैं कि बड़े शेरखान ने अपने शिकार करने की जगह बदल ली है? और मुझे पता चला है कि अब वह इन पहाड़ियों में शिकार करना आरंभ कर देगा।"

तबाकी की बात सुनकर बापू भेड़िया बहुत जोर से गुर्राया-"जंगल के कानून के हिसाब से वैन गंगा नदी के किनारे रहनेवाले शेरखान नाम

के उस शेर को कोई हक नहीं है कि वह अपनी इच्छा से, पहले सूचना दिए बिना अपना इलाका बदल दे। उसके यहाँ आने से तो आस-पास के दस मील के इलाके में सारे जानवर डर के कारण जंगल छोड़कर भाग जाएँगे। यदि ऐसा हुआ तो मुझे भोजन जुटाने में बड़ी परेशानी होगी।''

माता भेड़िया भी शेरखान के आने की बात सुनकर बहुत दुःखी हुई। वह बोली, ''अरे, शेरखान तो जन्म से ही लँगड़ा है। वह मवेशियों को मारकर खा जाता है। इसलिए वैन गंगा के लोग उससे बहुत नाराज हैं। यदि वह यहाँ आया तो हमारे गाँव के लोग भी सारा जंगल खोज डालेंगे और उसकी खोज में घास के मैदानों में आग लगा देंगे। मजबूर होकर अपनी जान बचाने के लिए हमें भी अपने बच्चों को लेकर किसी सुरक्षित स्थान पर जाना पड़ेगा।''

तबाकी द्वारा शेरखान के गाँव में आने की खबर सुनकर बापू भेड़िया गुस्से में बोला, ''चल हट तबाकी, फूट जा यहाँ से और जाकर उस शेरखान की चमचागिरी कर। वैसे भी तुमने यह बात बताकर हमारी नींद खराब कर दी है।''

इसके बाद बापू भेड़िए ने नीचे नदी तक पहुँचनेवाली घाटी में शेर की आवाज सुनी, जो सारे जंगल में गूँज रही थी। उस आवाज को सुनकर ऐसा लगता था मानो वह किसी भूखे शेर की आवाज हो! शेर को इस बात का बिलकुल भी अंदाजा नहीं था कि उसकी आवाज सारा जंगल सुन रहा है।

बापू भेड़िए ने मन-ही-मन कहा, 'बेवकूफ कहीं का, इसे शिकार की शुरुआत करने का तरीका भी नहीं मालूम! इतना शोर मचाकर यह शिकार कैसे कर सकता है? वैन गंगा के मोटे-ताजे साँड़ों की तरह यहाँ के हिरन मूर्ख नहीं हैं, जो इसके जाल में फँस जाएँगे।'

अरे! यह धूर्त तो आज न किसी हिरण का शिकार कर रहा है और न किसी बैल का। नीचे से आती हुई आवाज से तो ऐसा लग रहा है कि जैसे यह किसी इनसान का शिकार कर रहा है। शेर की ऐसी गुर्राहट की आवाज को सुनकर तो खुले स्थान में सोनेवाले लकड़हारे धोखा खाकर सीधे दौड़ते हुए आते हैं और शेर के मुख में चले जाते हैं।

शेर आदमी का शिकार कर रहा है, यह सोचकर बापू भेड़िया गुस्से में बोला, "उफ! हमारे इलाके में यह आदमखोर आदमी का शिकार कर रहा है; क्या तालाबों में मेढक और झींगुर समाप्त हो गए हैं?"

अरे, जंगल के कानून में तो इनसान का शिकार करना मना है। कोई भी जानवर इनसान का शिकार तभी कर सकता है जब वह अपने बच्चों को शिकार करना सिखाता है। लेकिन सिखाने के लिए भी शिकार अपने इलाके से बाहर ही कर सकते हैं। जब किसी जानवर के हाथों कोई

इनसान मरता है तो गोरे लोग बंदूकों के साथ हाथियों पर चढ़कर आते हैं और हजारों हिंदुस्तानी ढोल, कनस्तर पीटते और घंटी बजाते, पटाखे फोड़ते व मशाल जलाते हुए पूरे जंगल का दौरा करते हैं। उस समय जंगल के सभी जानवरों को बड़ी परेशानी होती है।

इनसानों का शिकार न करने की दूसरी वजह है कि जानवर इनसानों को सबसे कमजोर समझते हैं और जानते हैं कि इनसान अपनी रक्षा करने में पूर्ण रूप से असमर्थ हैं। इसलिए जानवरों द्वारा इनसानों का शिकार करना उनकी खिलाड़ी भावना के विपरीत है; क्योंकि जानवर जानते हैं कि इनसानों का मांस खानेवाले जानवरों के दाँत जल्दी गिर जाते हैं और वे पोपले मुँहवाले तथा बूढ़े हो जाते हैं।

तभी अचानक शेरखान की दर्द भरी आवाज सुनाई दी। जिसे सुनकर बापू भेड़िए को ऐसा लगा जैसे शेरखान का निशाना चूक गया है। बापू भेड़िए ने कान लगाकर सुना तो पता चला कि वह मूर्ख शेर शिकार करते समय लकड़हारे के द्वारा जलाए गए अलाव पर कूद पड़ा और अपने पैर आग में जला लिये। जलने के कारण शेर बेचैनी महसूस कर रहा था और गालियाँ बक रहा था।

बापू भेड़िए ने झाड़ियों में से सरसराहट की आवाज सुनी और पैर सिकोड़कर कूदने के लिए तैयार हो गया। भेड़िए ने बिना सोचे-समझे छलाँग लगा दी। उसने यह भी नहीं सोचा कि वह किस पर कूद रहा है। इसलिए भेड़िए ने छलाँग बीच में ही रोक दी।

जिसके कारण भेड़िया पहले तो रॉकेट की तरह हवा में चार-पाँच फीट ऊपर उठा और फिर उसी जगह जमीन पर आ गया, जहाँ से उसने

छलाँग लगाई थी।

"अरे, देखो-देखो! यह तो इनसान का बच्चा है!" बापू भेड़िए ने उत्सुकता से कहा।

बापू भेड़िए के ठीक सामने नीचे पेड़ की झुकी टहनी पकड़े हुए इनसान का एक बच्चा खड़ा था। इस बच्चे ने जब बापू भेड़िए को देखा तो वह जोर-जोर से हँसने लगा।

बापू भेड़िए अपने बच्चों को एक स्थान से दूसरे स्थान पर बड़ी सावधानी से ले जाते हैं। बापू भेड़िए ने इस बच्चे को पीठ से अपने जबड़ों में इस तरह कसकर पकड़ लिया कि उसे जरा सी खरोंच भी नहीं आई। इस प्रकार भेड़िया बच्चे को अपनी गुफा में ले आया और उसे अपने बच्चों के पास लिटा दिया।

माता भेड़िया उस बच्चे को देखकर बहुत खुश हुई और बोली, ''मुझे लगता है कि यह बच्चा भूखा है। जंगल के इतिहास में आज तक कोई ऐसा भेड़िया परिवार नहीं हुआ होगा, जिसमें भेड़िए के बच्चे के साथ इनसान का बच्चा भी पला हो।''

बापू भेड़िए ने इनसान के बच्चे को बड़े ध्यान से देखा। उसके शरीर पर कहीं भी बाल नहीं थे। बापू भेड़िया मन-ही-मन सोचने लगा कि यह बालक इतना कोमल है कि इसे सिर्फ पंजा छुआकर ही मारा जा सकता है। लेकिन यह क्या, यह तो बड़ी शान से मुझे देख रहा है! इसे तो तनिक भी डर नहीं है।

तभी तबाकी के साथ शेरखान ने अपना भारी-भरकम सिर गुफा के दरवाजे में घुसा दिया। तबाकी शेरखान से कहने लगा, ''हुजूर, वह इसी गुफा के अंदर है, मैंने उसे यहाँ आते हुए देखा है।''

शेरखान ने कहा, ''देखो, यह बच्चा हमारा है। हमारे डर से इस बच्चे के माँ-बाप भाग गए हैं। इसे फौरन हमारे हवाले कर दो।'' शेरखान की आवाज सुनकर बापू भेड़िया बोला, ''देखो शेरखान, तुमने हमारे दरवाजे पर आकर हमारी इज्जत बढ़ा दी है। लेकिन हम भेड़िए केवल अपने झुंड

के सरदार का ही हुक्म मानते हैं। हम बहुत ही आजाद किस्म के होते हैं। हम किसी मवेशी–चोर का हुक्म नहीं मानते। इनसान की इस औलाद को हम तुम्हें नहीं दे सकते। इसको जिंदा रखने या जान लेने का हक केवल हमको है।''

शेरखान पैरों में होनेवाली जलन के कारण बहुत ही गुस्से में था। इसलिए गरजकर बोला, ''तुम्हारी क्या औकात है कि तुम फैसला करो। मुझे यह पसंद नहीं है कि मैं किसी कुत्ते की गुफा के अंदर घुसकर अपना हक माँगूँ। मेरा नाम शेरखान है, मुझे अपना हक लेना अच्छी तरह आता है।''

अब तो शेर की दहाड़ से पूरी गुफा काँपने लगी। बापू भेड़िया अच्छी तरह से जानता था कि गुफा का मुख इतना छोटा है कि शेरखान किसी भी तरह गुफा के अंदर नहीं आ सकता। बापू भेड़िया और माता भेड़िया बिलकुल भी नहीं डरे। शेरखान की बातों से उन दोनों की आँखों से अंगारे बरस रहे थे।

माता भेड़िया बच्चों के पास से धीरे से उठी और शेरखान के सामने आकर खड़ी हो गई। गुस्से से उसकी आँखें चमक रही थीं। वह गुस्से में बोली, "तुम कहाँ के खान हो, जो इनसान के नंगे, कमजोर, छोटे बच्चे का शिकार करने में अपनी बहादुरी समझ रहे हो। मैं तुम्हारी बकवास सुनना नहीं चाहती। अरे लँगड़े! जरा ध्यान से सुन, यह इनसान का बच्चा अब मेरा बच्चा है। इसको यदि तुमने हाथ लगाने की कोशिश भी की तो मैं तुम्हारी आँखें नोंच लूँगी। यह बच्चा हमारे साथ रहेगा और हर जगह हमारे साथ जाएगा। जहाँ हमारा झुंड शिकार करेगा, वहाँ यह बच्चा भी शिकार करेगा। यदि तुम यहाँ से तुरंत नहीं गए तो मैं तुम्हारी जान ले लूँगी। तुम यहाँ से अपनी माँ के पास भाग जाओ, जिसने तुम जैसे लँगड़े को जन्म दिया है।"

बापू भेड़िया अपनी पत्नी को इस प्रकार गुस्से में देखकर हैरान रह गया। उसे वह समय याद आ गया जब माता भेड़िए को 'राक्षसी' कहा जाता था।

शेरखान की हिम्मत माता भेड़िए से और बहस करने की नहीं थी, क्योंकि वह जानता था कि यदि माता भेड़िए से गुफा के बाहर लड़ाई हुई

तो इसका पूरा फायदा माता भेड़िए को ही मिलेगा और उसकी हार निश्चित है; क्योंकि माता भेड़िया मरते दम तक उसका पीछा नहीं छोड़ेगी। यही सोचकर शेरखान ने गुफा के दरवाजे से सिर बाहर निकाल लिया।

खुले में आकर शेरखान चिल्लाने लगा–''झाड़ूदार पूँछवाले चोर, मैं तुम्हें चेतावनी देता हूँ कि यह बच्चा मेरा है और इसका अंत मेरे हाथों ही होगा। तुम मेरी इस बात को अच्छी तरह याद रखना। अपनी गली में तो कुत्ता भी शेर होता है। मुझे तो केवल यह देखना है कि तुम्हारे झुंड के लोग इस बच्चे के बारे में क्या फैसला करते हैं।''

शेरखान की बात पर गौर करते हुए बापू भेड़िया अपनी पत्नी से बोला, ''शेरखान सच ही कह रहा है, इस बच्चे के बारे में हमें अपने झुंड को बताना ही पड़ेगा। क्या अब भी तुम इसे पालना चाहती हो?''

माता भेड़िया ने गहरी साँस लेकर कहा, ''इसे पालना तो पड़ेगा ही। इतने प्यारे बच्चे को न पालने का तो प्रश्न ही नहीं उठता। देखो, रात के वक्त भूखा, नंगा और अकेला ही यह हमारे पास आया था और इसे बिलकुल भी डर नहीं लग रहा है। इसने अपने प्रेम से हमारे बच्चों से अलग अपनी जगह बना ली है। इसका हमारे सिवा इस दुनिया में और कोई नहीं है। वह लँगड़ा शेरखान तो इसे मारकर खा जाता और वैन गंगा की तरफ भाग जाता। फिर वहाँ के लोग इसे खोजते हुए इस जंगल में आते और तबाही मचा देते।''

इतना कहकर माता भेड़िया बच्चे को प्यार करती हुई बोली, ''अले-अले, मेढक के बच्चे की तरह तुम कितने प्याले हो! आराम से मेरे पास लेटो, तुम बिलकुल मोगली जैसे लगते हो। आज से यह दुनिया तुम्हें 'मोगली' के नाम से जानेगी। एक दिन मेरा मोगली बड़ा होकर शेरखान को अवश्य मारेगा।''

बापू भेड़िया ने अपनी पत्नी से कहा, ''जब कोई भेड़िया शादी करने के बाद अपने झुंड से अलग हो जाता है, और जैसे ही उसके बच्चे अपने पैरों पर खड़े होने लायक हो जाते हैं, तो वह उन बच्चों को पंचायत के सामने पेश कर देता है, ताकि झुंड के सभी सदस्य नन्हे बच्चों को पहचान सकें।''

इसके बाद वे नन्हे भेड़िए आजादी के साथ कहीं भी घूम-फिर सकते हैं। झुंड का कोई भी बड़ा भेड़िया नन्हे भेड़िए को तब तक नहीं मार सकता, जब तक कि वे पहले हिरन का शिकार नहीं कर लेते। यदि किसी बड़े भेड़िए ने नन्हे भेड़िए को मार दिया तो उसे सजा-ए-मौत दी जाती है।

भेड़ियों की पंचायत पूरनमासी को होती थी। अब बापू भेड़िया अपने बच्चों के बड़े होने का इंतजार करने लगा। जैसे ही भेड़िए के बच्चे बड़े होकर भागने-दौड़ने लगे, बापू भेड़िया और माता भेड़िया मोगली के साथ अपने बच्चों को पंचायतवाली चट्टान पर ले गए। यह जगह छोटे-बड़े पत्थरों से घिरी हुई पहाड़ की ऐसी चोटी पर थी, जहाँ सौ भेड़िए आसानी से छिप सकते थे।

झुंड का सरदार भूरे रंग का भेड़िया था। अकेला रहने के कारण ही सब उसे 'अकेलाराम' कहते थे। अकेलाराम अपनी बुद्धि और ताकत से अपने झुंड की रक्षा करता था। चट्टान के नीचे रंग-बिरंगे करीब चालीस भेड़िए बैठे हुए थे, जबकि अकेलाराम चट्टान के ऊपर लेटा हुआ था। अकेलाराम बहुत समय से झुंड का नेता बना हुआ था। अपनी जवानी के दिनों में वह दो बार बहेलिये के जाल में फँस चुका था। एक बार तो उसकी इतनी पिटाई हुई कि वह अधमरा हो गया और लोग उसे मरा हुआ समझकर छोड़ गए। अकेलाराम को इनसानी तौर-तरीके अच्छी तरह से मालूम थे। पंचायत चट्टान पर कुछ भेड़िए ऐसे भी थे, जो एक ही झपट्टे में हिरन को मार गिराते थे।

पंचायत चट्टान पर पहुँचने के बाद गीदड़ों को आपस में बातचीत करने की इजाजत नहीं थी। सभी भेड़िए गोल घेरा बनाकर बैठते थे और उनके छोटे-छोटे बच्चे पास में ही खेलते रहते थे। यदि बच्चे अधिक उछल-कूद मचाते तो बुजुर्ग भेड़िया उठकर आँखों के इशारे से उन्हें कुछ समझाकर वापस अपनी जगह पर आकर बैठ जाता था। कभी-कभी कोई माँ अपने बच्चे को चाँदनी में सरका देती, ताकि उसका बच्चा अँधेरे में किसी जंगली जानवर का शिकार न बन जाए।

अकेलाराम चट्टान पर बैठे-बैठे जोर से चिल्लाया, ''अरे भेड़ियो! मेरी बात ध्यान से सुनो। तुम सबको जंगल का कानून ठीक से मालूम है न?''

अकेलाराम की आवाज सुनकर बापू भेड़िए ने मोगली को आगे करके कहा, ''यह मेरा नन्हा मेढक मोगली है।'' मोगली भेड़ियों के घेरे में बैठकर पत्थरों से खेल रहा था।

तभी चट्टान के पीछे से शेरखान की आवाज आई, ''अरे भेड़ियो! तुम अपने को आजाद कहते हो, तुम्हें इनसान के बच्चे से क्या मतलब है? यह बच्चा मेरा है, इसे मुझे दे दो।''

अकेलाराम को शेरखान का इस तरह बोलना अच्छा नहीं लगा। अकेलाराम फिर से बोला, ''ओ मेरे भेड़ियो, हम तो अपने मालिक स्वयं हैं। हम आजाद लोगों को आज्ञा देने की हिम्मत किसी में नहीं है।''

तभी शेरखान की बात से सहमत होते हुए चार साल का भेड़िया बोला, ''हम आजाद लोगों का इनसानी बच्चों से कोई लेना-देना नहीं है।''

जंगल के कानून के हिसाब से बच्चे को झुंड में शामिल करने के लिए यदि कोई एतराज करता है तो बच्चे को झुंड में शामिल तभी किया जा सकता है जब बच्चे के माँ-बाप के अलावा कोई भी दो भेड़िए बच्चे के हक में बोलें।

चट्टान पर बैठे हुए अकेलाराम ने ऊँची आवाज में कहा, ''हम आजाद लोगों में कोई है, जो इस बच्चे की तरफदारी करने को तैयार है?'' अकेलाराम की बात सुनकर चारों तरफ सन्नाटा छा गया। कहीं से एक भी आवाज नहीं आई। तभी माता भेड़िया झुंड में से उठकर खड़ी हो गई।

पंचायत में भेड़ियों के अलावा सिर्फ ब्लू ही था, जो अपनी बात खुलकर कह सकता था। ब्लू भेड़ियों के बच्चों को जंगल के कानून पढ़ाता था। उसे जंगल में अपनी इच्छा से कहीं भी जाने का अधिकार था। ब्लू सूखे फल, जड़ें और शहद ही खाता था।

ब्लू खड़ा होकर बोला, ''इस बच्चे की तरफदारी मैं करता हूँ। मुझे अधिक बोलने की आवश्यकता नहीं है। मैं चाहता हूँ कि बच्चे को झुंड में शामिल कर लिया जाए। क्योंकि ऐसा करने से हमें कोई नुकसान नहीं है। बच्चे को पढ़ाने की जिम्मेदारी मैं लेता हूँ। यदि बच्चा झुंड के साथ रहेगा तो उन्हीं के जैसा हो जाएगा।''

तभी चट्टान से अकेलाराम की आवाज आई, ''हमें बच्चे का एक और तरफदार चाहिए, जो बच्चे के पक्ष में बोल सके।'' तब 'बघीरा' नाम का काला चीता झुंड में खड़ा हो गया। बघीरा बहुत ही चालाक और

गुस्सेवाला था। उससे पंगा लेने की हिम्मत किसी में नहीं थी। बघीरा की आवाज में इतनी मिठास थी, जैसे पेड़ से शहद टपक रहा हो। बघीरा खड़ा होकर बोला, ‘‘मेरे साथियो! वैसे तो इस पंचायत में मुझे बोलने का कोई अधिकार नहीं है। यदि छोटे बच्चे को मारने में जरा भी संदेह हो, तो उस बच्चे की जान की सही कीमत देकर उसे खरीदा जाता है।’’

बघीरा की बात सुनकर कुछ भूखे भेड़िए खुशी से उछलने लगे–‘‘बहुत खूब, बघीरा की बात में बहुत दम है! क्या तुम सचमुच इस बच्चे की जान की कीमत देकर खरीदना चाहते हो?’’

बघीरा ने कहा, ‘‘इस नंगे बच्चे की जान लेना हमारे लिए बड़े ही शर्म की बात है। इस बच्चे की जान के बदले मैं तुम्हें अपने मारे हुए बैल में साझेदार बनाना चाहता हूँ। क्या तुम्हें मंजूर है?’’

मरे हुए बैल की बात सुनकर सभी भेड़ियों ने खुशी–खुशी मोगली को अपने झुंड में शामिल कर लिया। मोगली को अच्छी तरह से पहचान लेने के बाद सभी भूखे भेड़िए मरे हुए बैल पर टूट पड़े और दावत का मजा लेने लगे। भेड़ियों को इस प्रकार खुश देखकर शेरखान गुस्से से दहाड़ रहा था, क्योंकि मोगली उसे नहीं मिला था।

मोगली को झुंड में शामिल करने से बघीरा बहुत खुश हुआ। उसे पूरा यकीन था कि एक दिन यह इनसानी बच्चा शेरखान को मार डालेगा और उसे अपनी धुन पर नचाएगा। वह तो सिर्फ शेरखान को दर्द से तड़पते हुए देखना चाहता था।

इतने में अकेलाराम ने कहा, ''चलो, सबकुछ ठीक ही रहा। समय आने पर यह बच्चा एक दिन हमारे काम अवश्य आएगा। क्योंकि मेरे विचार से आदमी और उसके बच्चे बहुत ही बुद्धिमान होते हैं।'' अकेलाराम मन-ही-मन सोच रहा था कि एक दिन जब झुंड के सरदार की ताकत खत्म हो जाती है और वह बूढ़ा हो जाता है तब सभी भेड़िए मिलकर उसे मार डालते हैं और नया सरदार चुनते हैं।

इसके बाद बापू भेड़िया मोगली को घर ले आया और उसे अच्छी तरह से पढ़ाने-लिखाने और जंगल के रीति-रिवाजों की ट्रेनिंग देने लगा। मोगली घास में होनेवाली सरसराहट, गरम हवा के झोंकों की आवाज तथा जंगली पशु-पक्षियों की आवाज को अच्छी तरह से पहचानने लगा।

ट्रेनिंग लेते समय जब मोगली थक जाता तो खुली धूप में बैठकर आराम करता और फिर सो जाता। गंदा होने या गरमी लगने पर वह पोखर

में जाकर नहाता और बहुत देर तक पानी में तैरता रहता था। जब उसे भूख लगती तो वह पेड़ पर चढ़कर शहद निकालकर खा लेता था। मोगली ब्लू की तरह ही एक चिंपाजी की तरह पेड़ की एक डाल से दूसरी डाल पर उछल-कूद मचाना सीख गया। अब तो मोगली ब्लू और बघीरा से जंगल और जंगली जानवरों के विषय में बहुत कुछ सीख चुका था।

धीरे-धीरे बड़ा होने पर मोगली भेड़ियों की मदद भी करने लगा। मोगली भेड़ियों के पैरों से काँटे निकालकर उन्हें दर्द से निजात दिलाता था। रात के अँधेरे में मोगली पहाड़ी से नीचे उतरकर खेतों में जाता और गाँव के लोगों को देखकर उनके तौर-तरीके सीखता था। एक बार मोगली ने जंगल में रखे हुए पिंजरे को देखा, जो गाँववालों ने बड़ी चतुराई से जानवरों को पकड़ने के लिए रखा था। इसलिए मोगली कभी इनसानों पर भरोसा नहीं करता था।

अमावस की रात को बघीरा के साथ जंगल में जाने में मोगली को बड़ा ही आनंद आता था। मोगली दिन में बघीरा के साथ खूब सोता और रात में शिकार करता। जब बघीरा को भूख लगती तो वह बिना सोचे ही किसी भी जानवर को मारकर खा लेता और अपनी भूख मिटाता।

बघीरा ने मोगली को समझाया—"तुम किसी भी जानवर को मार सकते हो, लेकिन किसी मवेशी को कभी मत मारना, क्योंकि तुम्हें भेड़ियों के झुंड में एक बैल की कीमत देकर शामिल किया गया है। उस बैल को कभी मत भूलना, जिसके कारण उस दिन तुम्हारी जान बची थी। मवेशी चाहे बूढ़ा हो या जवान, तुम उसे कभी मत मारना। जंगल का यही कानून है।"

मोगली ने हमेशा कानून को अच्छी तरह से निभाया। जैसे-जैसे मोगली बड़ा होता गया, उसके हाथ-पैर और पूरा शरीर भी मजबूत होता गया। उसे न तो कुछ सीखने-समझने की चिंता थी और न ही किसी जानवर का डर। माता भेड़िए ने उसे कई बार समझाया कि तुम शेरखान पर कभी भरोसा मत करना। उस दुष्ट को तो तुम्हें एक दिन मार गिराना है। लेकिन मोगली ठहरा आजाद किस्म का लड़का! वह माता भेड़िए की इस बात को भूल गया। मोगली को कोई इनसानी जुबान नहीं आती थी। वह तो अपने आपको भेड़िया ही समझता था। माता भेड़िए को हमेशा इस बात की चिंता रहती कि कहीं शेरखान मोगली को अकेला देखकर मार न डाले।

उधर अकेलाराम धीरे-धीरे बूढ़ा होने लगा और उसके शरीर की ताकत समाप्त होने लगी। इस बात का फायदा उठाकर धूर्त शेरखान नौजवान भेड़ियों से दोस्ती बढ़ाने लगा। इसके कारण कुछ भेड़िए शेरखान के साथ रहने लगे, जिससे उन्हें भूखा न रहना पड़े और शेरखान की जूठन मिलती रहे। शेरखान भेड़ियों को भड़काते हुए कहता–"अरे भेड़ियो, बड़े ही शर्म की बात है कि तुम सुंदर और जवान होते हुए भी एक इनसान और बूढ़े भेड़िए की आज्ञा का पालन करते हो! तुम्हारे अंदर तो उस इनसान के बच्चे से आँखें मिलाने की भी हिम्मत नहीं है।"

जब अकेलाराम को शेरखान की इस हरकत के बारे में पता चला तो उसे बहुत दुःख हुआ। लेकिन वह बुढ़ापे के कारण मजबूर था। शेरखान अकेलाराम और मोगली के खिलाफ भेड़ियों को भड़काता है, यह बात बघीरा ने भी मोगली को कई बार बताई थी, लेकिन मोगली इस बात को हँसी में टाल देता था। मोगली कहता था–"भेड़ियों का पूरा झुंड मेरे साथ है। ब्लू दादा चाहे कितने भी आलसी और मोटे क्यों न हों, लेकिन मेरे लिए शेरखान से वे भी लड़ सकते हैं। इसलिए मुझे किसी बात का डर नहीं है।"

एक दिन बघीरा ने मौका देखकर मोगली से कहा, "अरे मेरे छोटे

भैया! शेरखान तुम्हारा वास्तविक शत्रु है। यह बात हमारा झुंड, ब्लू दादा व बेवकूफ हिरण भी जानते हैं और तबाकी ने तो यह बात तुम्हें स्वयं ही बताई है।''

मोगली ने बघीरा की बात काटते हुए कहा, ''बघीरा भाई, यह ऐसी घटिया बातें करने का वक्त नहीं है। मुझे सोने दो, बहुत जोर की नींद आ रही है। वह नालायक शेरखान तो लंबी दुमवाला और बड़बोला है। वह बकबक अधिक और काम कम करता है।''

मोगली कुछ देर रुका, फिर हँसते हुए बोला, "तबाकी को तो मैंने एक दिन उसकी दुम पकड़कर झूला बना दिया था। क्योंकि उसने मुझे इनसान का नंगा बच्चा कहा था। अब उसकी अक्ल ठिकाने पर आ गई है।"

मोगली को बीच में ही रोकते हुए बघीरा ने कहा, "तुमने यह अच्छा नहीं किया, क्योंकि बदमाश और शरारती होने पर भी वह तुम्हारी भलाई की ही बात कह रहा था।" बघीरा ने आगे कहा, "मोगली, मेरी बात जरा ध्यान से सुनो, शेरखान इतना मूर्ख नहीं है कि जो तुम्हें जंगल में मारने की कोशिश करे। वह अच्छी तरह से जानता है कि यहाँ तुम्हारी रक्षा करने के लिए हम सब हैं, जो तुम्हें बहुत प्यार करते हैं।"

बघीरा उसे समझाते हुए बोला, "एक दिन ऐसा जरूर आएगा जब अकेलाराम अपने लिए भी हिरण का शिकार करने में असमर्थ होगा और उसकी नेतागिरी खत्म हो जाएगी। तुम्हें झुंड में शामिल करने के लिए जिन भेड़ियों ने तुम्हारी तरफदारी की थी, वे अब बूढ़े हो चुके हैं और आज के नौजवान भेड़िए शेरखान की चमचागिरी करते हैं। शेरखान ने उन्हें तुम्हारे खिलाफ करके सिखा दिया है कि इनसान के बच्चे की भेड़िए के झुंड में कोई जगह नहीं है।"

बघीरा की बात सुनकर मोगली बहुत दुःखी होकर बोला, "मैंने तो इसी जंगल में जन्म लिया है और हमेशा जंगल के कानून का पालन किया है। मैंने हमेशा भेड़ियों के पैरों से काँटे निकालकर उन्हें दर्द से मुक्ति दी है। ये सभी भेड़िए मेरे भाई और सगे-संबंधी हैं। मैं इन सबका साथ नहीं छोड़ सकता। जो अपने भाइयों का साथ न दे, उसे इनसान कहने का कोई अधिकार नहीं है।"

बघीरा ने सोचा कि मोगली को समझाना बड़ा मुश्किल काम है। इसलिए बघीरा ने मोगली को अपनी गरदन का वह भाग दिखाया, जिस पर बाल नहीं थे। जंगल में किसी को यह बात पता नहीं थी कि बघीरा की गरदन पर पट्टे का निशान है।

बघीरा ने मोगली से कहा, "मेरा जन्म इनसानों के बीच में ही हुआ था। मैं उदयपुर के राजा के महल में अपनी माँ के साथ रहता था। मेरी माँ की मौत भी इनसानों के बीच में ही हुई थी। महल में रखे गए पिंजरे में मुझे लोहे की तश्तरी में खाना दिया जाता था। मैंने जंगल को कभी नहीं देखा था। मैं अधिकतर इनसानों के बीच में ही रहा, इसलिए इनसानों के सभी तौर-तरीके मैंने सीख लिये। तुम भी इनसान के बच्चे थे, इसलिए मैंने उस दिन तुम्हारी जान की कीमत चुकाई थी।"

एक दिन बघीरा को अहसास हुआ कि मैं एक जवाँ मर्द चीता हूँ और मैं कोई खिलौना नहीं, जिससे इनसान खेले और अपना मनोरंजन करे। उसी दिन बघीरा ने पिंजरे का ताला तोड़ दिया और आजाद होकर जंगल में आ गया। बघीरा ने इनसानों के तौर-तरीके सीख लिये थे। इसलिए वह शेरखान पर भी भारी पड़ा। जिस तरह मैं इनसानों के बीच में जन्म लेकर भी जंगल में वापस आ गया, उसी तरह तुम भी एक इनसान हो, तुम्हें इनसानों के पास वापस जाना ही होगा। वरना ऐसा भी हो सकता है कि पंचायती चट्टान पर तुम्हें मार दिया जाए।

मोगली के पूछने पर कि मेरी जान कोई क्यों लेना चाहेगा? बघीरा ने फिर कहा, ''मेरे छोटे भैया, सुनो! मैं इनसान के बीच में पैदा हुआ था और तुमसे बहुत प्यार करता हूँ, लेकिन फिर भी तुमसे नजरें नहीं मिला सकता, क्योंकि तुम बुद्धिमान और इनसान के बच्चे हो। यही कारण है कि बाकी भेड़िए भी तुमसे नजरें नहीं मिला सकते, क्योंकि वे तुमसे डरते हैं। जिस दिन अकेलाराम शिकार मारने में असमर्थ हो जाएगा और सारे भेड़िए उसके खिलाफ हो जाएँगे, उसी दिन पंचायती चट्टान पर अकेलाराम के साथ-साथ तुम्हारी भी हत्या कर दी जाएगी, यही हमारे

जंगल का कानून है।''

बघीरा ने मोगली से कहा, ''नीचे घाटी में जाकर किसी इनसान की झोंपड़ी में घुसकर लाल फूल ले आओ। जरूरत पड़ने पर वही लाल फूल तुम्हारे सबसे ज्यादा काम आएगा। उस लाल फूल को पैदा करना सिर्फ इनसान ही जानते हैं और उसकी ताकत ब्लू और तुम्हारे भेड़िए दोस्तों से भी अधिक होगी।''

जंगल के सभी जानवर आग से डरते थे, इसलिए वे उसे 'लाल फूल' कहते थे। मोगली 'लाल फूल' को अच्छी तरह से जानता था कि वह अँधेरा होने पर इनसानों की झोंपड़ी के आगे चमकता था, इसलिए मोगली उसे लाने के लिए खुशी-खुशी तैयार हो गया।

जाते समय मोगली को बघीरा ने बताया कि लाल फूल छोटे-छोटे बरतनों में इनसानों द्वारा उगाया जाता है। उस लाल फूल को लाकर तुम्हें जिंदा रखना पड़ेगा, ताकि वह जरूरत पड़ने पर तुम्हारे काम आ सके।

जिस बैल ने मोगली की जान की कीमत चुकाई थी, उसकी कसम खाकर मोगली बोला, "यदि सारे झगड़े की जड़ वह नालायक शेरखान है तो मैं उसे अवश्य ही मार डालूँगा।" इतना कहकर वह घाटी की तरफ भागने लगा।

मोगली की हिम्मत और मजबूत इरादों ने यह साबित कर दिया कि वह असल मर्द की औलाद है। अब बघीरा मन-ही-मन शेरखान की बदनसीबी पर खुश हो रहा था कि दस साल पहले जिस इनसान के बच्चे को उसने मारने की कोशिश की थी, अब वही बच्चा उसका शिकार करेगा। असल में शेरखान का बुरा वक्त तो दस साल पहल ही शुरू हो चुका था।

मोगली का दिल गुस्से की आग में बुरी तरह जल रहा था। दौड़ते-दौड़ते वह जंगल में बहुत आगे निकल गया था, लेकिन शाम होने से पहले ही अपनी गुफा में लौट आया। मोगली की धौंकनी जैसी चलती हुई तेज साँस को देखकर माता भेड़िया समझ गई कि वह बहुत परेशान

है। माता भेड़िए के पूछने पर मोगली ने कहा, ''माँ, कोई खास बात नहीं है, लेकिन उस शेरखान की रोज की बकवास से मैं तंग आ चुका हूँ।''

इतना कहकर मोगली छलाँग लगाकर झाड़ियों में से रास्ता बनाता हुआ घाटी की तली में बहनेवाली नदी की ओर बढ़ गया। उस समय भेड़ियों का झुंड शिकार कर रहा था। तभी मोगली को साँभर की दर्द भरी आवाज सुनाई पड़ी–''ओ अकेलाराम! हम भी तुम्हारे शिकार करने का जलवा देखना चाहते हैं। तुम्हारी ताकत कहाँ चली गई? ओ हमारे नेता, जरा अपनी छलाँग हमें भी दिखाओ! हमें लगता है कि नया लीडर बनाने का समय आ गया है।''

अकेलाराम ने जरूर साँभर पर अपनी पकड़ बनाने की कोशिश की होगी, क्योंकि मोगली ने अकेलाराम के दाँत किटकिटाने की आवाज सुनी थी। एक दर्द भरी आवाज सुनकर मोगली समझ गया कि जरूर साँभर ने अपने अगले पैर से ठोकर मारी है और अकेलाराम पटकी खाकर गिरा है।

अब मोगली ने समय गँवाना ठीक नहीं समझा और तेजी से दौड़ने लगा। खेतों के नजदीक पहुँचते ही भेड़ियों के चीखने का शोर सुनाई देना बंद हो गया। मोगली बुरी तरह हाँफ रहा था। अब वह झोंपड़ी की खिड़की के नीचे पड़े हुए फूस के ढेर में बैठकर आराम करने लगा। वह मन-ही-मन सोच रहा था कि कल का दिन फैसले का दिन है, क्योंकि कल अकेलाराम और मेरा फैसला होगा।

मोगली ने खिड़की के अंदर झाँककर देखा कि किसान की पत्नी अलावदान में आग जला रही थी। कड़ाके की सर्दी पड़ रही थी। सुबह

होने पर भी धुंध बहुत थी। मोगली ने देखा कि किसान की पत्नी आग को जिंदा रखने के लिए कच्चे कोयले अलावदान में डाल रही थी। तभी किसान का छोटा लड़का वहाँ आया। उसके हाथ में बाँस की टोकरी थी और टोकरी के अंदर घड़े का निचला हिस्सा रखा था। उसने जलते हुए लाल-लाल कोयले उस टोकरी में रखे और टोकरी को लेकर गायों को चारा देने के लिए चल पड़ा।

उस बच्चे को देखकर मोगली ने सोचा कि इस

काम को करने में तो जरा भी परेशानी नहीं है। जब यह छोटा बच्चा इस काम को कर सकता है तो मैं क्यों नहीं कर सकता? इसलिए मोगली धीरे से उठा और बच्चे के हाथ से अलावदान छीनकर भागते हुए धुंध में गायब हो गया।

मोगली ने किसान की पत्नी को आग को जिंदा रखने के लिए अलावदान में फूँक मारते हुए देखा था। इसलिए मोगली ने आग को जिंदा रखने का तरीका सीख लिया था। अलावदान में फूँक मारते समय मोगली ने सोचा कि यदि मैं इसे कुछ खिलाऊँगा नहीं तो यह मर जाएगी। इसलिए मोगली अलावदान में सूखी टहनियाँ तथा पेड़ों की सूखी छाल डालता रहा। मोगली अभी आधे रास्ते में ही था कि उसको बघीरा मिल गया। बघीरा के काले बालों में ओस की बूँदें इस प्रकार चमक रही थीं, जैसे उसकी खाल में छोटे-छोटे हीरे जड़े हों।

बघीरा ने दुःखी होकर मोगली से कहा, ''अकेलाराम शिकार करने में असमर्थ रहा। सब गीदड़ तो उसे मिलकर रात में ही मारना चाहते थे। वे पूरी रात तुम्हें पहाड़ी पर खोजते रहे, क्योंकि वे अकेलाराम के साथ तुम्हें भी मारना चाहते थे।''

मोगली ने आग का बरतन बघीरा के सामने करते हुए कहा, ''तुम स्वयं ही देख लो, अब मैं पूरी तरह से तैयार हूँ।'' मोगली को याद था कि जब वह भेड़ियों के झुंड में शामिल नहीं हुआ था तो उसे इसी लाल फूल के पास लेटने में बड़ी गरमाहट मिलती थी। मोगली को बघीरा पहले ही बता चुका था कि सूखी और लंबी लकड़ी के एक सिरे में भी वैसा ही

लाल फूल उग जाता है। इसलिए मोगली ने एक लंबी सूखी लकड़ी का इंतजाम भी कर लिया था। मोगली दिन भर गुफा में बैठकर सूखी टहनियाँ डाल-डालकर आग की देखभाल करता रहा।

शाम होते ही तबाकी मोगली की गुफा में आकर बोला, "तुम्हें शाम को पंचायती चट्टान पर हाजिर होना है।" मोगली को अब किसी बात का डर नहीं था, इसलिए वह तब तक हँसता रहा, जब तक कि तबाकी वहाँ से चला नहीं गया। पंचायती चट्टान पर पहुँचकर भी मोगली जोर-जोर से हँसता रहा।

मोगली अलावदान को अपने घुटनों के बीच में रखकर बघीरा के पास बैठ गया। अकेलाराम जमीन पर बैठा था, क्योंकि पंचायती चट्टान नए नेता के लिए खाली थी। कुछ नौजवान भेड़िए शेरखान की चमचागिरी करते हुए वहाँ पर शान से घूम रहे थे।

शेरखान को देखकर मोगली गुस्से में उठकर खड़ा हो गया और बोला, ''यह कुत्ते की औलाद शेरखान, क्या हमारे झुंड का नेता बनने लायक है? क्या हम सब सियार बन गए हैं, जो झुंड का नेता एक शेर बनेगा? हम आजाद लोग हैं, एक मवेशीचोर का हुक्म हम कभी नहीं मानेंगे। झुंड के लीडर का फैसला करने का अधिकार हमारे झुंड को है।''

तभी झुंड में से कुछ आवाजें एक साथ आने लगीं–''तुम चुप रहो, झुंड में इनसान की औलाद को बोलने का कोई अधिकार नहीं है, इसलिए तुम चुप ही रहो तो अच्छा है।'' तभी अकेलाराम की आवाज शोर-शराबे के बीच जोर से गूँजने लगी–''शेरखान के चमचो पिछले बारह साल से मैं तुम्हारा लीडर हूँ। पूरी सुरक्षा के साथ मैं तुम्हें शिकार पर ले जाता रहा हूँ। जब तक मैंने तुम्हारी लीडरी की, तब तक न तो कोई भेड़िया पकड़ा गया और न ही पिंजरे में फँसा। कल मेरे साथ बहुत बड़ी साजिश की गई

थी, जो मेरे हाथ से शिकार छूट गया। मेरी बुढ़ापे की कमजोरी को सबके सामने दिखाने के लिए यह साजिश की गई थी। अब तुम सब मिलकर मुझे इसी चट्टान पर मार डालो, लेकिन मैं जानना चाहता हूँ कि किसमें इतनी हिम्मत है, जो मुझे मारने के लिए आगे आएगा? तुम एक-एक करके आगे आओ और मुझसे युद्ध करो।"

अकेलाराम की बात सुनकर झुंड में कुछ देर तक सन्नाटा छाया रहा। क्योंकि अकेलाराम को मारने की ताकत किसी भी भेड़िए में नहीं थी। तभी शेरखान गरजकर बोला, "इस बूढ़े अकेलाराम को मारने में हमें कोई दिलचस्पी नहीं है। यह तो कुछ दिनों में अपने आप ही मर जाएगा। मैं तो उस इनसान की औलाद की बात कर रहा हूँ जो इतने दिनों तक झुंड में जिंदा रहकर हमेशा गड़बड़ी करता रहा है। अरे आजाद लोगो! इस बच्चे पर सिर्फ मेरा हक है। तुम इसे मुझे दे दो, और यदि तुमने यह बच्चा मुझे नहीं दिया तो मैं हमेशा तुम्हारे इलाके में शिकार करूँगा तथा अपने मारे हुए जानवर की हड्डी का एक टुकड़ा भी तुम्हें नहीं दूँगा। मैं इनसान की औलाद से बेहद नफरत करता हूँ। यदि इस इनसान की औलाद को जीवित छोड़कर वापस इनसानों के बीच भेज दिया गया तो यह वहाँ जाकर सब इनसानों को हमारे खिलाफ भड़का देगा। यह इनसान है, हममें से कोई भी इससे नजरें नहीं मिला सकता, इसलिए इसे मुझे सौंप दो।"

अब बोलने की बारी बघीरा की थी। वह बोला, "इसने हमारा नमक खाया है और हमेशा जंगल के कानून को पूरी निष्ठा से निभाया है। इसने हमारे पैरों से काँटे निकाले हैं और हमारे लिए हिरणों को हाँका है। तुम

यह कैसे भूल गए कि मैंने इसकी जान की कीमत एक बैल देकर चुकाई थी? पूरे झुंड के 'हाँ' कहने पर ही इसे उस समय झुंड में शामिल किया गया था। अब यह हमारा भाई है और इसने जंगल के कानून के मुताबिक कोई जुर्म नहीं किया है।''

इसके बाद सभी भेड़िए 'आदमी-आदमी' कहकर चिल्लाने लगे और शेरखान के चारों तरफ इकट्ठे हो गए। शेरखान को धीरे-धीरे अपनी जीत नजर आने लगी। अब बघीरा ने मोगली से कहा कि हमारे पास लड़ाई के अलावा दूसरा कोई रास्ता नहीं है।

मोगली बहुत गुस्से में था। उसे यह नहीं मालूम था कि झुंड के अधिकतर भेड़िए उससे इतनी नफरत करते हैं। मोगली का भरोसा टूट गया। उसे विश्वास था कि जानवर इनसान की तरह अपनी नफरत छिपा नहीं सकते। मोगली ने लंबी साँस लेकर पंचायत की ओर देखा और अपने हाथ में आग का बरतन लेकर खड़ा हो गया।

अब मोगली चिल्लाकर बोला, ''आज तुमने मुझे यह अच्छी तरह बता दिया कि मैं इनसान हूँ। वरना मैं तो अपने को हमेशा एक गीदड़ ही समझता रहता। आज से मेरा-तुम्हारा भाईचारा खत्म हो गया। दूसरे इनसानों की तरह अब मैं भी तुम्हें 'कुत्ता' ही कहूँगा। कुत्ते! सुनो! मैं मोगली बोल रहा हूँ और मैं एक इनसान हूँ। अब एक इनसान की बात तुम कुत्ते सुनोगे। मैं उस 'लाल फूल' को यहाँ लेकर आया हूँ, जिसके डर से तुम्हारी रूह काँप जाती है। यह देखो 'लाल फूल' और डरो इससे!''

इतना कहकर मोगली ने अंगारोंवाला बरतन जमीन पर इस तरह पलट दिया कि अंगारों के दूर-दूर फैलने से वहाँ पड़ी सूखी घास में आग लग गई तथा सारे भेड़िए डरकर पीछे भागने लगे। अब मोगली ने एक मोटी व सूखी टहनी लेकर अंगारों में घुसेड़ दी और जब उसका एक सिरा मशाल की तरह जलने लगा तब वह उसे आग से निकालकर अपने सिर के चारों ओर घुमाते हुए भेड़ियों के झुंड में घुस गया।

मोगली के हाथ में जलती हुई टहनी देखकर सारे भेड़िए अपनी जान बचाने के लिए इधर-उधर भाग रहे थे। सिर्फ अकेलाराम दर्दभरी निगाहों से मोगली की तरफ देख रहा था। उसने जीवन में कभी किसी से दया की

भीख नहीं माँगी थी। अकेलाराम ने हमेशा मोगली की सहायता की थी। इसलिए मोगली ने अकेलाराम को कुछ भी नहीं कहा। मोगली गुस्से से बोला, ''तुम सब कुत्ते हो और मैं तुम्हारा साथ छोड़कर अपने लोगों के पास जा रहा हूँ। आज तुम्हारे और मेरे बीच का रिश्ता खत्म हो चुका है और मेरे लिए जंगल का दरवाजा भी बंद हो चुका है। मैं तुम्हारी तरह धोखेबाज नहीं हूँ। तुमने तुझे धोखा दिया है, इसे मैं हमेशा याद रखूँगा। मेरे अंदर अब भी इनसानियत है। मैं तुमसे वादा करता हूँ कि जब मैं इनसानों के बीच में रहूँगा, तो भी तुम्हें कभी धोखा नहीं दूँगा।''

मोगली का गुस्सा चरम सीमा पर था। उसने सामने पड़े अंगारों पर इस तरह लात मारी कि चिनगारियाँ हवा में उड़ने लगीं। मोगली ने फिर कहा, ''कभी झुंड और इनसानों के बीच में कोई लड़ाई नहीं होगी। लेकिन जाने से पहले मुझे अपना पुराना कर्ज चुकाना है।'' इतना कहकर मोगली ने शेरखान के पास जाकर उसकी दाढ़ी कसकर पकड़ ली और बोला, ''कुत्ते उठ, और मेरी बात ध्यान से सुन! जब कोई इनसान कोई बात करे तो जानवरों को सिर्फ सुनना चाहिए। यदि तूने ऐसा नहीं किया तो तेरी दाढ़ी जलाकर राख कर दूँगा। नालायक मवेशीचोर, तू मुझे दस साल पहले नहीं मार सका था, इसलिए पंचायत में मारना चाहता था। लेकिन हम इनसान कुत्ते को केवल इसलिए नहीं मारते कि वह कुत्ता है। अब यदि तूने जरा सी भी होशियारी दिखाई तो मैं यह लाल फूल तेरे हलक में उतार दूँगा।'' इतना कहते ही मोगली ने जलती हुई टहनी शेरखान के सिर पर दे मारी।

आग के डर से शेरखान सुबक-सुबककर रो रहा था। धीरे-धीरे उसका डर दर्द में बदल गया। उसकी इस दुर्दशा को देखकर मोगली ने कहा, ''वाह रे मेरे मिट्टी के शेर! मामूली सी आग की जलन से तुम्हारा

यह हाल है तो तुम तब क्या करोगे जब मैं तुम्हें जीवित ही आग में फेंक दूँगा? अब यहाँ से दफा हो जाओ और याद रखना कि यदि मैं दूसरी बार चट्टान पर आया तो तुम्हारी खाल से छाता बनाकर अपने सिर पर रखूँगा। अकेलाराम को मारने का तुम्हें कोई हक नहीं है। वह अपनी इच्छा से कहीं भी जा सकता है।'' जलती हुई टहनी जोर-जोर से जल रही थी। मोगली उसे चारों ओर घुमा रहा था, इसलिए भेड़ियों के बाल जल रहे थे और वे अपनी जान बचाने के लिए इधर-उधर भाग रहे थे। देखते-ही-देखते पूरी चट्टान खाली हो गई तथा चट्टान पर बघीरा, अकेलाराम के अलावा सिर्फ वे ही भेड़िए बचे थे, जिन्होंने मोगली की तरफदारी की थी।

तभी अचानक मोगली को एक अजीब सा दर्द महसूस हुआ। वह दर्द अपनों से बिछुड़ने का था। मोगली धीरे-धीरे सिसकने लगा और इतना रोया कि उसका चेहरा आँसुओं से भीग गया। रोते हुए मोगली ने बघीरा से पूछा, "बघीरा भाई, मैं इस जंगल को छोड़कर जाना नहीं चाहता। क्या मेरा अंतिम समय आ गया है? क्या मैं मर रहा हूँ?" रोते हुए मोगली को समझाते हुए बघीरा ने कहा, "नहीं, मेरे छोटे भाई, आज तुमने साबित कर दिया है कि तुम अब मर्द बन चुके हो। अब जंगल के दरवाजे तो तुम्हारे लिए बंद हो चुके हैं। अपने आँसुओं को बहने दो। इन्हें इनसान अवसर पड़ने पर ऐसे ही बहाते हैं।"

उस दिन मोगली बहुत रोया, क्योंकि उसका दिल पूरी तरह टूट चुका था। धीरे-धीरे मोगली ने अपने आपको सँभाला और गुफा में अपनी माँ से मिलने चला गया।

उस समय गुफा में बापू भेड़िया भी था। मोगली माँ से गले मिलकर इतना रोया कि माँ का रोम-रोम मोगली के आँसुओं से भीग गया। भेड़िए के बच्चे भी मोगली के जाने से बहुत दुःखी हुए। उन्होंने मोगली से कहा, "हम जब तक हिरणों का पीछा करने लायक हैं, तुम्हें कभी नहीं भूलेंगे। तुम्हारा हमसे मिलने का जब भी दिल करे, पहाड़ी की तलहटी में आकर हमें जोर से आवाज देना। हम सब तुमसे मिलने खेतों में आ जाएँगे और पूरी रात तुम्हारे साथ खेलेंगे।"

बापू भेड़िया भी उदास होकर बोला, "ओ मेरे नन्हे मेढक, हम लोग अब बहुत बूढ़े हो चुके हैं, तुम जल्दी वापस आना।" बापू भेड़िए को

दु:खी देखकर माता भेड़िया से भी रहा न गया, वह भी रोती हुई बोली, ''अरे मेरे नंगे, इनसान के बच्चे, मेरी बात सुन! मैंने हमेशा ही अपनी ममता तुम्हारे ऊपर लुटाई है। तुम्हें अपने बच्चों से भी अधिक प्यार किया है। तुम जल्दी आना और जरूर आना।''

मोगली बापू भेड़िए के परिवार से बिछुड़ते समय बहुत उदास था। वह रोते हुए बोला, ''मैं तुम सबसे मिलने जरूर आऊँगा और जिस चट्टान पर अकेलाराम बैठता है, उस पर शेरखान की खाल बिछाने आऊँगा।''

सुबह होने को थी। मोगली धीरे-धीरे पहाड़ी से नीचे उतरा तो उसे वह जगह दिखाई दी जहाँ जाकर उसे रहना था। वह दुनिया और उसमें रहनेवाले लोग मोगली के लिए नए थे। वह उनके बारे में कुछ भी नहीं जानता था।

10

बात उस समय की है जब मोगली भेड़ियों के झुंड में शामिल था और जंगल का कानून सीख रहा था। इनसान की औलाद होने के कारण मोगली को बहुत अधिक सीखने की आवश्यकता थी। मोगली ब्लू का चेला था। मोगली ने पेड़ों पर चढ़ना, पानी में तैरना सबकुछ ब्लू से ही सीखा था। ब्लू ने मोगली को चमगादड़ों, मधुमक्खी और पनियारे साँपों से बचाव के सभी मंत्र सिखाए। क्योंकि जंगल में कोई भी अपने आराम में खलल नहीं चाहता। यदि किसी जीव-जंतु के आराम में खलल पड़ जाए तो खलल डालनेवाले पर वह बुरी तरह झपटते हैं। इनसान की औलाद होने के कारण मोगली का आधे-अधूरे ज्ञान से काम चलनेवाला नहीं था, इसलिए उसे बहुत पढ़ाई करनी पड़ती थी। एक चीज को बार-बार रटकर वह परेशान हो जाता था।

मोगली की परेशानी बघीरा से देखी नहीं जाती थी, क्योंकि वह मोगली से बहुत प्यार करता था। अगर बघीरा का वश चलता तो वह मोगली को अपने लाड़-प्यार से बिगाड़ ही देता। बघीरा मोगली की तरफदारी करते हुए ब्लू से कहता, ''देखो, यह बच्चा कितना छोटा है और इसका सिर तो बिलकुल ही छोटा है। छोटे से सिर में दिमाग भी तो

छोटा ही होगा? मोगली के इतने छोटे दिमाग में इतनी सारी पढ़ाई कैसे समा सकती है? और तुम सबक भूलने पर अपने इन फौलादी हाथों से मोगली की इस तरह पिटाई करते हो कि उसका पूरा चेहरा खरोंचों से भर जाता है।'' बघीरा ने यह बात ब्लू से अपना गुस्सा प्रकट करते हुए कही।

ब्लू ने कहा, ''मैं भी मोगली की भलाई चाहता हूँ। किसी छोटी सी गलती से वह धोखा खाए, इससे तो अच्छा है कि मैं उसका पूरा शरीर खरोंचों से भर दूँ। मेरे सिखाए हुए सभी मंत्र परिंदों और साँपों से उसकी रक्षा करेंगे। मैं यकीनन कहता हूँ कि मेरे मंत्र चौपायों से भी उसकी हिफाजत करेंगे।''

ब्लू ने मोगली को बुलाया और जंगल की जिंदगी के सारे मंत्र सुनाने को कहा। मोगली ने बहुत ही होशियारी से परिंदोंवाली बोली, चील की सीटी और साँप की फुफकार निकाली तथा खुश होकर स्वयं ही ताली बजाने लगा। मोगली ने जब सारे मंत्र सुना दिए तो ब्लू खुश होकर बघीरा से बोला, ''अब मोगली जंगल की परेशानी और खतरों से पूरी तरह सुरक्षित है। साँप, परिंदे व चौपाए मोगली को कोई हानि नहीं पहुँचा सकते। मेरी दी हुई सीख एक दिन मोगली के काम जरूर आएगी।''

11

उधर मोगली ब्लू की पिटाई से तंग आ चुका था। एक दिन वह खीजकर ब्लू से बोला, ''एक दिन मैं अपनी जात खुद बनाऊँगा और अपनी जात का नेता बनूँगा। मेरी जात के सब लोग पेड़ की एक टहनी से दूसरी टहनी पर कूदते फिरते हैं। मैं भी पेड़ पर रहूँगा और बूढ़े, खूसट ब्लू पर कूड़ा-करकट और टहनी फेंकूँगा।''

मोगली के इस व्यवहार को देखकर ब्लू और बघीरा दोनों समझ गए कि वह अवश्य ही बंदरों से मिल चुका है। बघीरा पूरी तरह क्रोध में था। उसने मोगली को डाँटते हुए कहा, ''क्या तुम बंदरों से मिलते हो? वे भूरे राक्षस हैं जिनका कोई कानून नहीं है, जो कुछ भी खा लेते हैं। तुम्हें उनसे दोस्ती करने में शर्म नहीं आती?''

मोगली ने रोते हुए कहा, ''ब्लू से मार खाने के बाद मैं यहाँ से भाग गया था। उस दिन मेरे ऊपर किसी को भी दया नहीं आई। कुछ ही देर में वे मुझे पेड़ों पर ले गए। उन्होंने मुझे बताया कि वे मेरे भाई हैं और हमारा खून का रिश्ता है। हम दोनों में सिर्फ पूँछ का अंतर है। उन्होंने मुझसे वादा किया है कि एक दिन मैं उनके झुंड का नेता बनूँगा।''

मोगली की बात सुनकर ब्लू समझ गया कि बंदरों के तरस खाने का क्या मतलब है और उनके दिल में कितनी दया है। ब्लू ने मोगली को बहुत समझाने की कोशिश की कि बंदर हमेशा ही झूठ बोलते हैं, उनका कोई नेता नहीं होता। लेकिन मोगली तो बंदरों की बातों में आ चुका है। वह

मन-ही-मन सोच रहा था, 'बंदर मेरे जैसे ही अपने पैरों पर खड़े होते हैं, मुझे अपने पंजों से भी नहीं मारते, वे तो मुझे बहुत प्यार करते हैं। मुझे पहले ही उनके झुंड में शामिल हो जाना चाहिए था। इस बार भी मैं बंदरों के पास जाकर खूब मौज-मस्ती करूँगा और उनके साथ जी भरकर खेलूँगा।'

मोगली को चुप देखकर ब्लू गरजकर बोला, "अरे आदमी के बच्चे! मैंने तुम्हें जंगल में रहनेवाले सब लोगों के कानून सिखाए, लेकिन बंदरों का कानून नहीं सिखाया, क्योंकि पेड़ पर रहनेवाले इन बदमाश-लफंगों का कोई कानून नहीं होता। इनका कोई धर्म नहीं है। इसलिए जंगलवालों ने इन्हें जात से बाहर कर दिया है। ये घने पेड़ों पर छिपकर ताक-झाँक करते हैं और दूसरों की बात सुनते हैं तथा दूसरे जानवरों की नकल भी करते हैं। ये बंदर जिस पोखर का पानी पीते हैं, हम उस पोखर का पानी तक नहीं पीते। ये लोग जहाँ शिकार करते हैं, हम वहाँ शिकार नहीं करते। मैं तो इन बदमाशों का जिक्र भी करना नहीं चाहता। बंदरों की नस-नस में खुराफात भरी हुई है। ये बहुत ही गंदे होते हैं। हम लोगों का ध्यान आकर्षित करना ही इन बंदरों मुख्य काम है। चाहे ये लोग हमारे सिर पर गंदगी की बौछार कर दें, लेकिन फिर भी हम इनकी तरफ ध्यान नहीं देते। जंगल के सभी लोगों के लिए बंदरों से कोई भी वास्ता रखना मना है।" ब्लू की बात समाप्त होते ही पेड़ पर बैठे हुए बंदर गुठलियों और सूखी टहनियों की बौछार करने लगे। पेड़ की पतली टहनियों पर कूदकर, घुड़कियाँ देकर, जबरन खाँसकर बंदर अपने वहाँ होने का साक्ष्य देने

लगे। बंदर पेड़ पर रहते थे और चौपाये कभी गरदन उठाकर ऊपर नहीं देखते थे, इसलिए वे कभी एक-दूसरे के आमने-सामने नहीं पड़ते थे। लेकिन कोई जख्मी शेर, बीमार भेड़िया या ब्लू मिल जाता तो ये बंदर उसे बहुत परेशान करते थे। अपनी ऊँची और बेसुरी आवाज में गाना गाकर जंगल के लोगों को उकसाते कि वे पेड़ों पर आकर उनसे लड़ाई करें। बंदर बिना कारण ही आपस में लड़ते थे और अपने मरे हुए साथियों की लाश को ऐसे स्थान पर छोड़ देते, जहाँ जंगल के दूसरे जीवों की नजर उन पर पड़े।

आज बंदर इस बात को देखकर बहुत खुश थे कि आखिर ब्लू का ध्यान उनकी तरफ चला ही गया, क्योंकि उनके साथ दोस्ती करने के लिए मोगली को बहुत डाँट पड़ी थी। तभी एक बंदर ने सोचा कि यदि मोगली को अपनी जात में शामिल कर लिया जाए तो वह उनके बहुत काम आएगा। मोगली लकड़ियाँ जोड़-जोड़कर झोंपड़ी बनाएगा, बंदर उसमें आराम से रहेंगे और फिर ठंडी हवाओं से बच सकेंगे। इसके बाद बंदर स्वयं भी झोंपड़ी बनाना सीख लेंगे।

मोगली लकड़हारे का बेटा था, इसलिए बहुत से हुनर उसके खून में शामिल थे। मोगली सूखी टहनियों को इकट्ठा करके खिलौने के जैसी झोंपड़ी आसानी से बना लेता था। मोगली को यह सब कार्य करते देखकर बंदरों को बहुत आश्चर्य होता था। इसलिए बंदरों ने सचमुच मोगली को अपना नेता चुनने को फैसला कर लिया और अब कुछ बंदर ब्लू, बघीरा के साथ मोगली का पीछा करने लगे। दोपहर के समय ब्लू और बघीरा के बीच में मोगली आराम करने के लिए लेट गया। मोगली लेटा-लेटा अपने किए पर बहुत शर्मिंदा था। उसने बंदरों से वास्ता न रखने का फैसला कर लिया था।

जैसे ही मोगली को हलकी सी नींद आई, उसने अपने आपको पत्तियों से लदे हुए पेड़ की एक टहनी पर पाया। क्योंकि बंदर उसे उठाकर ले जाने में सफल हो गए थे। बंदर चीख-चीखकर अपनी खुशी का इजहार कर रहे थे। यह देखकर बघीरा बेहद गुस्से में था। वह कभी इस पेड़ पर चढ़ने की कोशिश करता तो कभी उस पेड़ पर। जैसे ही बघीरा पेड़ पर थोड़ा ऊपर चढ़ता तो बंदर ऊपर पतली टहनी पर पहुँच जाते, जहाँ बघीरा

कभी नहीं चढ़ सकता था। बंदर इस बात से बहुत खुश थे कि बघीरा ने उन पर ध्यान नहीं दिया।

जिस तरह हम लोग जमीन पर चढ़ते हैं और अपने रास्ते पहचानते हैं, उसी तरह बंदरों ने भी पेड़ों के ऊपर अपने हाई-वे यानी सड़कें और गलियाँ तय कर रखी थीं। जंगल में इन रास्तों से वे कहीं भी जा सकते थे और जरूरत पड़ने पर रात में भी इन रास्तों का उपयोग कर सकते थे।

दो मोटे-ताजे बंदर मोगली को अपनी भुजाओं में जकड़कर, झुलाते हुए तेजी से आगे बढ़ रहे थे। बंदरों के कसकर पकड़ने से मोगली को बहुत पीड़ा हो रही थी और तेजी से हवा में ऊपर-नीचे होने से उसे चक्कर आ रहे थे। फिर भी तेज हवा में ऊपर-नीचे होने से उसे बड़ा आनंद आ रहा था। लेकिन जब वह ऊपर से जमीन को देखता तो डर के मारे काँपने लगता था। बंदरों का झुंड कभी हाथ से टहनी पकड़ता तो कभी पैर से और कभी बंदरों के बोझ से टहनी नीचे झुक जाती थी। इस प्रकार बंदर कभी पेड़ पर सबसे ऊपर होते तो कभी निचली टहनी पर आ जाते। बंदर चीखते-चिल्लाते और खों-खों करते, पेड़ों की टहनियों को कुचलते हुए बड़ी तेजी से आगे बढ़ रहे थे।

बंदरों की तेज रफ्तार से मोगली को नीचे गिरने का डर लग रहा था। इसलिए मोगली ने अपने साथियों को संदेशा भेजने की सोची। उसे पूरा यकीन था कि उसके साथी बहुत पीछे छूट गए हैं। तभी मोगली ने आकाश में देखा। किरन नाम की एक चील करीब सौ फीट ऊपर से नीचे

जंगल में देख रही थी कि यदि कोई मरा हुआ जानवर मिल जाए तो वह अपना पेट भर ले। चील को यह देखकर बहुत आश्चर्य हुआ कि बंदर मोगली को उठाकर ले जा रहे हैं। मोगली ने जैसे ही चील को आवाज दी तो वह नीचे उतरकर एक पेड़ पर बैठ गई। जब बंदरों का झुंड चीलवाले पेड़ से गुजरा तो मोगली ने चिल्लाकर कहा, "अरे! तुम्हें जब सिवनी वाले ब्लू और पंचायती टीलेवाले बघीरा मिलेंगे, तुम उन्हें बता देना कि बंदर मोगली को इस रास्ते से उठाकर ले गए हैं।"

चील ने मोगली को देखकर अपना सिर हिला दिया कि वह उसकी बात अच्छी तरह समझ चुकी है। इसके बाद चील ने उड़ान भरी और ऊपर उठकर अपने पंख पूरी तरह फैलाए तथा हवा में तैरते हुए बंदरों की हरकत पर नजर रखने लगी कि बंदर मोगली को लेकर कहाँ जा रहे हैं। पेड़ों की पत्तियों के हिलने से चील ने अंदाजा लगा लिया कि बंदर किस दिशा में गए हैं। चील ने अपने मन में सोचा कि ये नालायक यहीं पास में ही होंगे। ये कभी कोई काम पूरा नहीं करते। नई चीजों से छेड़छाड़ करने की इनकी पुरानी आदत है। इन बेवकूफों ने खुद ही अपने लिए मुसीबत पैदा की है। अब ब्लू और बघीरा इन्हें कभी नहीं छोड़ेंगे।

उधर ब्लू और बघीरा का मोगली के न मिलने से दुःख और गुस्से के कारण बुरा हाल था। बघीरा तो फिर भी तेज चल सकता था, लेकिन ब्लू की चाल तो इतनी धीमी थी कि वह जख्मी गाय को भी नहीं पकड़ सकता था। इसलिए बघीरा ने ब्लू को सलाह दी–"हमें बंदरों का पीछा करने के बजाय दिमाग से काम लेना चाहिए। यदि हम बंदरों के पास पहुँच भी गए तो हो सकता है कि वे मोगली को मार डालें। इसलिए हमें मोगली को बंदरों के चंगुल से छुड़ाने की तरकीब सोचनी होगी।"

अब ब्लू अपनी करनी पर पछता रहा था कि वह मोगली को पीट-पीटकर जंगल के फालतू कानून सिखाता रहा, लेकिन बंदरों ने खेल-खेल में मोगली को पेड़ से नीचे फेंक दिया होगा तो वह अवश्य ही मर गया होगा।

ब्लू को दुःखी देखकर बघीरा उसे समझाने लगा, "तुम चिंता मत करो, हमारा मोगली बहुत समझदार और पढ़ा-लिखा है। उसकी आँखों से जंगल के सभी जानवर डरते हैं। किसी भी जानवर में इतनी हिम्मत नहीं कि वह मोगली की आँखों में आँखें डालकर देख सके।"

थोड़ी ही देर में कुछ सोचकर ब्लू खुश होकर बोला, "अरे बघीरा! मेरी

मति ही मारी गई थी, मुझे एक बार हाथी ने बताया था कि हर जानवर किसी-न-किसी से जरूर डरता है। ये बंदर भी पहाड़ी अजगर से बहुत डरते हैं। जिसका 'का' नाम है। जहाँ बंदर जाते हैं, 'का' भी वहीं पर पहुँच जाता है और बंदरों के बच्चों को चुराकर खा जाता है। 'का' नाम सुनकर तो बंदरों की हालत खराब हो जाती है और दुम दबाकर भाग जाते हैं। इसलिए हमें सहायता माँगने के लिए 'का' अजगर के पास चलना चाहिए।''

इसके बाद ब्लू और बघीरा अजगर से मिलने गए। उन्होंने देखा कि पहाड़ से निकली एक चपटी चट्टान पर अजगर आराम से सो रहा है। उसका तीस फीट लंबा शरीर कई गोलाइयों और गठानों में सिमटा हुआ बहुत सुंदर लग रहा था। यह अजगर जहरीले साँपों को तो कायर और डरपोक समझता था। यह इतना शक्तिशाली था कि यदि किसी को एक बार अपनी गिरफ्त में ले ले तो उसकी मौत निश्चित थी।

ब्लू ने अजगर के पास जाकर कहा, ''भाई अजगर, भगवान् करे तुम्हें आज अच्छा शिकार मिले!'' अजगर को यह आवाज पहचानी सी लगी। उसने ब्लू और बघीरा को तुरंत पहचान लिया। शिकार की बात सुनकर तो अजगर के मुँह में पानी आ गया और बोला, ''अरे ब्लू! अब तो मेरा वजन इतना बढ़ गया है कि मुझे जंगल की किसी पंगडंडी पर शिकार के लिए घात लगाकर बैठना पड़ता है या किसी बंदर के बच्चे को पकड़ने के लिए सारी रात पेड़ पर गुजारनी पड़ती है। अभी पिछले दिनों पेड़ से फिसलकर नीचे गिर गया, जिसके कारण बहुत आवाज हुई, इससे बंदर नींद से जाग गए और मुझे बहुत गालियाँ दीं।''

बघीरा ने अजगर को बंदरों के खिलाफ भड़काते हुए कहा, ''ये बंदर तो तुम्हें पीला केंचुआ कहते हैं। उन्होंने कहा था कि अजगर के सारे दाँत झड़ चुके हैं और वह केवल नन्हे मेमनों का ही शिकार कर सकता है। तुम्हें बकरे के सींगों से बहुत डर लगता है, लेकिन हमें तो इन बेशर्म बंदरों की बात पर जरा भी विश्वास नहीं है।''

अजगर को बंदरों की बात सुनकर बहुत गुस्सा आया। वह अपने गुस्से को छिपाते हुए बोला, ''तुम लोग तो अपने इलाके के खुद ही लीडर हो, फिर तुम बंदरों की बातें क्यों सुनते हो? मुझे तो लगता है कि जरूर कोई बात है।''

अजगर की बात का बघीरा ने सीधे और साफ तरीके से जवाब दिया–''वे गुठलीचोर बदमाश हमारे इनसान के बच्चे को उठाकर ले गए हैं, जिसे हम दोनों बहुत प्यार करते हैं। हम जानना चाहते हैं कि क्या तुमने कहीं उस इनसान के बच्चे को बंदरों के साथ देखा है?''

तभी आवाज सुनकर ब्लू ने ऊपर देखा तो किरन चील अपने डैने फैलाकर चक्कर लगा रही थी; क्योंकि उसे मोगली का संदेश ब्लू को देना था। चील बोली, ''बंदर मोगली को नदी के उस पार बंदरपुरा में ले गए हैं। बंदरपुरा उनका पुराना अड्डा है। तुम्हें उस बच्चे की चिंता करने की जरूरत नहीं है। उसे तो महामंत्र मालूम है।'' इतना कहकर चील ने एक चक्कर और लगाया और दूर आकाश में उड़ गई।

बंदरपुरा एक उजड़ा हुआ शहर था। कोई जानवर वहाँ तब जाता था जब सूखा पड़ा हो और कहीं पानी नसीब न हो। क्योंकि इस शहर के टूटे-फूटे तालाबों में थोड़ा-बहुत पानी तो मिल ही जाता था। ब्लू की चाल धीमी होने के कारण बघीरा और 'का' उसे पीछे छोड़कर शीघ्र ही नदी पार करके बंदरपुरा पहुँच गए और एक खँडहर के पीछे छिपकर मोगली को खोजने लगे। तभी उन्होंने देखा कि कुछ बंदर मोगली को घसीटते हुए लाए और उसके चारों गोल घेरा बनाकर नाचने लगे। जंगली जानवर की तरह मोगली को दोपहर में सोने की आदत थी। इसलिए उसे यह सब अच्छा नहीं लग रहा था; क्योंकि उस समय मोगली बहुत थका हुआ था।

कुछ ही देर में एक बंदर उठकर बोला, "मोगली को पकड़ना ही बंदरों के लिए बड़ी बात नहीं है। अब मोगली हमें पतली टहनियों और वेंतों को जोड़कर झोंपड़ी बनाना सिखाएगा, जिससे हम सर्दी और बरसात से बच सकेंगे।"

कुछ ही देर में बंदर मोगली को देखकर पेड़ों की टहनियाँ लाए और उसकी नकल करने लगे। लेकिन जब इस काम से मन भर गया तो बंदर आपस में एक-दूसरे की पूँछ खींचकर लड़ने लगे। बंदरों को आपस में

लड़ता हुआ देखकर मोगली बोला, ''मुझे भूख लगी है, कुछ खाने को दो, वरना मुझे आज्ञा दो कि मैं अपने लिए कुछ शिकार मारकर लाऊँ।''

मोगली की बात सुनते ही कुछ बंदर उसके लिए फल लेने चले गए। लेकिन जंगल में बंदर आपस में लड़ने लगे और फल रास्ते में ही फेंक दिए। मोगली को भूख के कारण बहुत गुस्सा आ रहा था। जब बंदर बहुत देर तक मोगली के लिए कुछ खाने को लेकर नहीं आए तो वह उजाड़ शहर में अकेला ही निकल पड़ा और थोड़ी-थोड़ी देर में अजनबियों

वाली शिकार की पुकार लगाता रहा। लेकिन उसे कहीं से कोई जवाब नहीं मिला। अब मोगली को यकीन हो गया कि उसने बंदरों के बारे में जो भी सुना था, वह सच ही है। मोगली ने मन में सोचा, 'यहाँ न तो कोई शिकार की पुकार है, न इनका कोई कानून और न ही इनका कोई नेता है। हो सकता है कि मैं यहाँ भूखा रहूँ या मारा जाऊँ, तो यह मेरी गलती है। अपनी गलती के कारण मैं बंदरों के चक्कर में पड़कर यहाँ लाया गया हूँ, अब मुझे वापस लौटना चाहिए। यहाँ रहकर इन बंदरों की बदमाशी सहने से तो अच्छा है कि मैं ब्लू दादा के हाथों मार खा लूँ।'

तभी मोगली को आकाश में एक बहुत बड़ा बादल आता हुआ दिखाई दिया। मोगली ने सोचा, 'यदि इस बादल ने चाँद को ढक लिया तो मुझे यहाँ से भागने में बड़ी आसानी रहेगी। मुझे अँधेरे का लाभ उठाना चाहिए।'

शहर की चहारदीवारी के नजदीक एक खाई बनी थी। उसमें मोगली के दोनों दोस्त बैठे उसी बादल का इंतजार कर रहे थे। वे भी अँधेरे का लाभ उठाना चाहते थे। वे दोनों जानते थे कि झुंड में बंदर बहुत खतरनाक साबित होते हैं। 'का' अजगर ने बघीरा से कहा, "मैं पश्चिमी दीवार की तरफ से जाकर उस चबूतरे पर कूद जाऊँगा, जहाँ बंदरों ने मोगली को घेर रखा है और बघीरा तुम तेजी से ढलान से उतरकर मेरे पीछे आ जाना।"

जैसे ही बादल चाँद पर आया तो मोगली को बघीरा के कदमों की आहट सुनाई दी। बघीरा दाएँ-बाएँ, आगे-पीछे, जो भी बंदर उसके रास्ते

में आता, उसे मारता हुआ मोगली की ओर आ रहा था। बघीरा का एक झापड़ भी बंदर को परलोक पहुँचा सकता था। बघीरा मरे हुए बंदरों को कुचलते हुए जैसे ही मोगली के पास पहुँचा, तभी एक बंदर चीखकर बोला, "अरे, यह अकेला है, इसे मार डालो!" अपने साथी बंदर की आवाज सुनकर बंदरों के झुंड ने बघीरा पर हमला बोल दिया। कुछ बंदर तो बघीरा से लड़ाई करने लगे और कुछ ने मोगली को अपने अधिकार में ले लिया। मोगली को घसीटते हुए वे उसे आरामगाह की दीवार पर ले गए और टूटे गुंबद में से नीचे धकेल दिया। मोगली दस फीट नीचे गिरा था, लेकिन फिर भी उसे अधिक चोट नहीं लगी, क्योंकि उसे ब्लू ने ट्रेनिंग दी थी। गिरने के बाद भी मोगली जमीन पर इस तरह उतरा, जैसे कोई चिड़िया उतरती है।

15

गुंबद में उतरने के बाद बंदरों ने मोगली से कहा, "तुम यहाँ से जरा भी मत हिलना। हम तुम्हारे दोस्त को मारकर अभी वापस आते हैं। यदि जहरीले नागों ने तुम्हें जीवित छोड़ दिया तो हम तुम्हारे साथ खूब मौज-मस्ती करेंगे।"

मोगली को गुंबद के अंदर साँपों की सरसराहट सुनाई दे रही थी। इसलिए उसने साँपों से दोस्तीवाली पुकार लगाई और उस पुकार को कई बार दोहराया, जिससे उसका संदेश साँपों को ठीक से मिल जाए। साँपों ने मोगली की दोस्तीवाली पुकार सुनकर अपने फन नीचे कर लिये और बोले, "छोटे भैया, तुम बिलकुल सीधे खड़े रहो। यदि तुम्हारे पैरों से हमें कोई हानि नहीं हुई तो हम तुम्हें कुछ नहीं कहेंगे।"

मोगली चुपचाप खड़ा संगमरमर की जालियों में से अँधेरे में उस ओर देखता रहा, जहाँ पर बघीरा बंदरों के झुंड से अकेला ही लड़ रहा था। बंदरों की चटर-पटर की आवाज से सारा जंगल गूँज रहा था। बघीरा को अपनी जान बचाने के लिए सैकड़ों बंदरों से लड़ना पड़ रहा था। तभी मोगली ने जोर से आवाज लगाई–"बघीरा सुनो, जल्दी से तालाब की तरफ जाओ और पानी में डुबकी लगा दो।"

मोगली की आवाज सुनते ही बघीरा की जान-में-जान आई। उसे यकीन हो गया कि मोगली सुरक्षित है। अब तो बघीरा दोगुने जोश के साथ बंदरों को मारता हुआ तेजी से तालाब की ओर बढ़ने लगा। तभी ब्लू ने बघीरा को जोर से आवाज लगाई-''मैं आ गया हूँ बघीरा! तुम बिलकुल चिंता मत करो। अब मैं इन बंदरों को दिखा दूँगा कि मुझसे

दुश्मनी करने का क्या अंजाम होता है!'' तभी ब्लू चबूतरे पर आ गया और पिछले पंजों पर खड़े होकर अपनी बाँहों में जकड़कर बंदरों की बहुत पिटाई की। तभी पानी में छपाक की आवाज के साथ ही बघीरा तालाब में कूद गया। इस समय बघीरा बहुत थक चुका था और पानी में लेटकर वह हाँफ रहा था। पानी से बाहर तालाब की सीढ़ियों पर चारों तरफ बंदर उछल-कूद मचा रहे थे। ब्लू की सहायता करने के लिए यदि बघीरा पानी से बाहर आता तो बंदर उस पर टूट पड़ते। इसलिए दुःखी होकर बघीरा ने साँपों से मदद की गुहार लगाई।

इसी बीच 'का' अजगर अपने तरीके से वहाँ पहुँच गया। उसने कई बार कुंडली मारी और खोली। क्योंकि वह देखना चाहता था कि उसका शरीर ठीक से काम कर रहा है या नहीं। ब्लू और बघीरा दोनों अलग-अलग जगह पर बंदरों से लड़ रहे थे। इस लड़ाई का आँखों देखा हाल 'मोग' नाम का चमगादड़ जंगल के जानवरों को बता रहा था। चमगादड़ यह काम इतनी फुरती से कर रहा था कि इस लड़ाई की खबर कुछ ही देर में पूरे जंगल में फैल गई। इस खबर के फैलते ही पूरे जंगल के बंदर अपने साथियों की सहायता के लिए आ गए।

अब तो 'का' अजगर भी लड़ाई में आ गया। बंदरों को मारने का उसे बड़ी बेसब्री से इंतजार था। लड़ाई के समय अजगर के शरीर की सारी ताकत उसके सिर में आ जाती है। जिन बंदरों ने ब्लू को घेर रखा था, उन पर अजगर के सिर की पहली चोट ऐसी लगी कि वे डरकर भाग गए

और शोर मचाने लगे–"भागो–भागो, जान बचाकर भागो, 'का' आ गया है!" किसी बंदर में 'का' से नजरें मिलाने की हिम्मत नहीं थी। यदि कोई बंदर 'का' के जबड़ों में आ जाए तो उसकी मौत निश्चित थी। 'का' के नाम से सभी बंदर डरते थे। इसलिए सभी बंदर इधर–उधर भाग गए और चारों तरफ सन्नाटा छा गया।

'का' अजगर ने फुफकारकर बंदरों से कहा, "मेरी आज्ञा के बिना तुम एक इंच भी नहीं हिलोगे! जहाँ खड़े हो, चुपचाप वहीं पर रुके रहो।" बंदरों को चुपचाप और सहमा देखकर मोगली को बड़ा मजा आ रहा था। उसने बंदरों को चिढ़ाने के लिए उल्लू जैसी आवाज निकाली। उस आवाज में बंदरों के लिए नफरत भरी हुई थी। तभी वहाँ पर ब्लू और बघीरा भी आ गए और आपस में कहने लगे–"उस इनसान के बच्चे को लेकर यहाँ से जल्दी चलो। कभी ऐसा न हो कि बंदर फिर से हमला कर दें!"

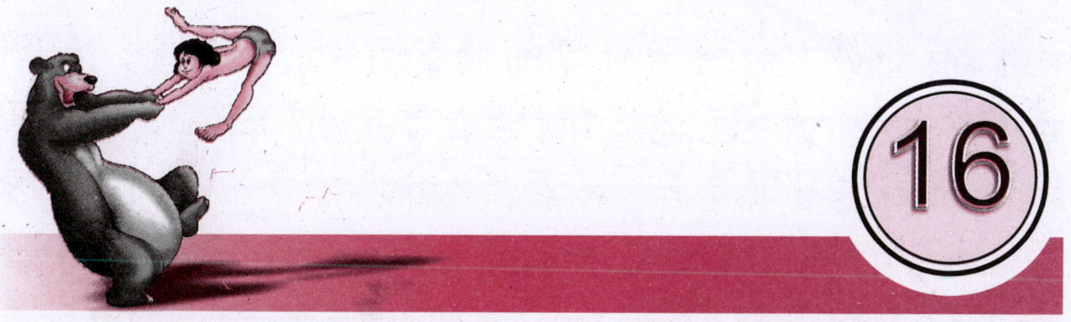

16

ब्लू और बघीरा ने 'का' अजगर का बहुत-बहुत शुक्रिया अदा किया, क्योंकि उसके प्राण 'का' अजगर ने ही बचाए थे। तभी टूटे हुए गुंबद के नीचे से मोगली की आवाज आई—"मैं यहाँ फँसा हूँ और बाहर नहीं आ सकता।"

तभी बहुत से कोबरा साँपों ने एक सुर में कहा, "इस बच्चे को जल्दी से बाहर निकालो, कहीं इसके पैर के नीचे हमारे बच्चे कुचलकर मर न जाएँ!" 'का' अजगर भी हँसकर बोला, "यह बच्चा हर जगह अपने नए दोस्त बना लेता है। मोगली, तुम चुपचाप खड़े रहो, मैं जल्दी से दीवार तोड़ने की कोशिश करता हूँ।" इतना कहकर 'का' अजगर ने संगमरमर की टूटी दीवार को चारों तरफ से देखा तथा पूरी ताकत के साथ उस पर छह-सात बार ऐसे प्रहार किए कि दीवार टूट गई और चारों ओर धूल-ही-धूल उड़ने लगी। उसमें से निकलकर मोगली बाहर आया। उसने दोनों बाँहें ब्लू और बघीरा के गले में डाल दीं। मोगली को सही-सलामत देखकर ब्लू और बघीरा बहुत खुश हुए। मोगली को चारों तरफ पड़ी बंदरों की लाशों को देखकर बहुत खुशी हुई; क्योंकि उन्होंने ब्लू और बघीरा का बहुत खून बहाया था। 'का' भी मोगली को देखकर बहुत खुश

हुआ और बोला, ''यह इनसानी बच्चा तो बंदरों जैसा ही दिखाई देता है! मोगली, केंचुली बदलते समय मुझे ठीक से दिखाई नहीं देता, इसलिए तुम होशियार रहना, कभी मैं तुम्हे बंदर न समझ लूँ।''

मोगली ने 'का' अजगर का धन्यवाद करते हुए कहा, ''मुझे आज की रात अपनी नई जिंदगी आपकी वजह से ही मिली है। जीवन में मैं कभी आपके काम आ सका तो अपने को बहुत भाग्यशाली समझूँगा। आज के बाद यदि तुम भूखे हो तो मेरे शिकार को अपना शिकार समझना।'' मोगली अपने हाथों को अजगर को दिखाकर बोला, ''मेरे इन हाथों में बहुत सी खूबियाँ हैं। यदि तुम्हें कभी शिकार न मिले तो बस मुझे याद कर लेना। मैं तुम्हारी जरूर सहायता करूँगा। मैं बकरियों को इस तरह हंकाल

सकता हूँ कि वे सीधे तुम्हारी शिकार बन जाएँगी। यदि तुम कभी पिंजरे में फँस जाओगे तो भी मैं तुम्हें आजाद करा दूँगा। मैं भगवान् से दुआ करता हूँ कि तुम्हें हर रोज अच्छा शिकार मिले। आज से मैं तुम्हारा अहसानमंद हूँ। आज से मेरी नजर में ब्लू और बघीरा के साथ-साथ आपका दर्जा भी मेरे माँ-बाप के बराबर ही है।''

जिस तरह मोगली ने अजगर का शुक्रिया अदा किया, उसे देखकर ब्लू बहुत खुश हुआ था। अजगर ने भी मोगली से प्यार भरे शब्दों में कहा, ''अरे इनसान के बच्चे! तुम्हारी जुबान बहुत मीठी है और कलेजे में हिम्मत भी है। जंगल की जिंदगी में ये दोनों बातें तुम्हारे हमेशा काम आएँगी। मेरी यह बात हमेशा याद रखना।''

इतना कहकर 'का' अजगर चबूतरे पर आ गया और एक घेरे में दो-तीन चक्कर लगाकर अपने सिर को दाएँ-बाएँ घुमाया तथा अपने शरीर को कई तरह की गोलाइयों में आठ की शक्ल में घुमाने लगा। इस समय अजगर के शरीर को देखकर ऐसा लग रहा था, मानो उसका शरीर बिजली या पानी से बना हो! ब्लू, बघीरा और मोगली भी इस नजारे को चुपचाप खड़े देख रहे थे। जैसे ही अजगर ने ब्लू और बघीरा को जाने के लिए इशारा किया, तो वे दोनों मोगली को लेकर दीवार पार करके जंगल में आ गए।

मोगली को अजगर की सम्मोहन शक्ति के बारे में कुछ भी पता नहीं था कि कैसे अजगर दूसरे जानवरों की निगाह बाँध लेता है। इसलिए मोगली को यह सोचकर हँसी आ रही थी कि इतना बड़ा अजगर जमीन पर कैसे लोट

रहा था। अजगर की कटी-पिटी नाक को देखकर तो मोगली की हँसी रुक ही नहीं रही थी।

तभी बघीरा ने मोगली को डाँटते हुए कहा, "अरे ओ इनसान की औलाद! इसमें हँसने की कोई बात नहीं, उसकी नाक पर चोट तुम्हारी वजह से लगी है। ब्लू की गरदन और पंजों पर भी चोट तुम्हारी वजह से ही लगी है। ब्लू और मैं तो कई दिन से ठीक से शिकार पर भी नहीं जा सके हैं।"

"मोगली, तुम्हारे कारण ही मुझ जैसे काले चीते को मदद के लिए गुहार लगानी पड़ी तथा ब्लू और मैं, दोनों बेवकूफ बने। भूख के तांडव को देखकर हम दिमागी संतुलन खो बैठे। तुम्हारी वजह से ही हमें बंदरों के साथ लड़ाई करनी पड़ी।

मोगली को दुःखी और अफसोस प्रकट करते देखकर ब्लू बहुत

मुश्किल में पड़ गया। वह न तो मोगली के लिए परेशानी बढ़ाना चाहता था और न ही कानून तोड़ना चाहता था। ब्लू को यह भी मालूम था कि किसी का दु:खी होना उसकी सजा नहीं हो सकती।

बघीरा ने ब्लू से कहा, ''यह बच्चा अभी बहुत छोटा है; लेकिन इसने जो गलती की है, उसकी सजा तो इसे मिलनी ही चाहिए। जंगल के कानून के हिसाब से मोगली को दो-चार घूँसे तो पड़ने ही चाहिए।'' मोगली को अपनी गलती का प्रायश्चित्त करना चाहता था, इसलिए सजा की बात सुनकर उसने कोई एतराज नहीं किया। मोगली सजा पाने के लिए चुपचाप सिर झुकाकर बैठा रहा।

बघीरा ने मोगली के सिर पर पाँच-छह प्यार भरी चपत लगाकर उसे सजा दी। सजा पाने के बाद मोगली चुपचाप खड़ा हो गया। जंगल के कानून के अनुसार सजा से हिसाब-किताब बराबर हो जाता है और किसी को जरा सी भी शिकायत नहीं रहती।

बघीरा ने मोगली से कहा, ''मेरे छोटे भैया, तुम कूदकर मेरी पीठ पर चढ़ जाओ। अब हमारे घर चलने का समय हो गया है। मोगली तुरंत बघीरा की पीठ पर चढ़ गया तथा अपना सिर बघीरा के कंधे पर रख दिया और सो गया। बघीरा ने जब उसे माता भेड़िए की गोद में जाकर लिटाया, तब जाकर उसकी नींद खुली।

बात उस समय की है जब मोगली भेड़ियों के झुंड से झगड़कर शहर की ओर चलने लगा। खेतों के पास ही एक गाँव था, लेकिन मोगली यहाँ रहना नहीं चाहता था। क्योंकि वह जानता था कि उसका शत्रु यहीं पास में ही रहता है। यही सोचकर मोगली एक पथरीली सड़क पर चलने लगा। थोड़ी दूर चलने के बाद घाटी एक बड़े मैदान में बदल गई। मैदान में जगह-जगह चट्टानें थीं तो कहीं खाइयाँ। इस मैदान के एक किनारे से जंगल शुरू होता था तो दूसरे किनारे पर एक गाँव बसा हुआ था। वहीं पर हरी घास की चरागाह थी, जहाँ गाय और भैंस चर रही थीं। इसी चरागाह में कुछ लड़के भी थे, जो मवेशियों की देखभाल कर रहे थे। जब इन लड़कों ने मोगली को देखा तो वे डरकर भागने लगे, और देशी कुत्तों ने तो मोगली को देखकर भौंकना शुरू कर दिया। मोगली को उस समय बहुत भूख लगी थी, इसलिए वह थोड़ा और आगे चलने लगा। जल्दी ही मोगली गाँव के किनारे पर पहुँच गया, जिसे काँटेदार झाड़ियों से बंद किया गया था। अब मोगली धीरे से झाड़ी हटाकर गाँव में घुस गया।

मोगली काँटेदार झाड़ियों को देखकर सोच रहा था कि यहाँ भी

इनसान जंगल के जीवों से डरते हैं। यही सोचते-सोचते वह काँटेदार गेट के पास बैठ गया। तभी उसे एक आदमी आता दिखाई दिया। मोगली ने मुख खोलकर अंगुली के इशारे से उस आदमी को समझाया कि उसे भूख लगी है।

उस आदमी ने हैरानी से मोगली को देखा और जोर से चिल्लाता हुआ गाँव के अंदर गया तथा पंडित को साथ लेकर आ गया। मोटे-ताजे पंडित के साथ गाँव के बहुत सारे लोग भी वहाँ आ गए।

पंडित ने मोगली को ऊपर से नीचे तक देखा और बोला, ''इसमें डरने की क्या बात है! इसके हाथ-पैरों पर पड़े इन निशानों को देखकर लगता है कि ये निशान जरूर भेड़ियों के काटने से बने हैं। अवश्य ही यह कोई

भेड़िया बालक है, जो जंगल से भागकर यहाँ आ गया है।''

मोगली के पूरे शरीर पर खरोंचों के सफेद निशान बने हुए थे। ये निशान मोगली के भेड़िया भाइयों के काटने से बने थे। वहाँ खड़ी दो-तीन औरतें भी आपस में बात करने लगीं-''देखो, इतने सुंदर बच्चे को भेड़ियों ने कितनी बुरी तरह से काटा है। इसकी आँखों को देखकर लगता है जैसे अंगारे दहक रहे हैं। अरे मसुआ, यह तो तुम्हारे उस बेटे के जैसा ही है, जिसे शेर उठाकर ले गया था।''

तभी मसुआ ने सामने आकर मोगली को ऊपर से नीचे तक देखा और बोली, ''नहीं, यह वह नहीं है, यह तो एकदम पतला है। हाँ, इसका चेहरा तो मेरे बेटे के जैसा ही है।''

पंडित बहुत ही चालाक था। वह जानता था कि मसुआ बहुत पैसेवाली है। इसलिए वह भोला बनकर बोला, ''बहन, मुझे लगता है कि बरसों पहले जंगल ने हमसे जो कुछ छीना था, आज वह वापस कर दिया है। तुम इस बच्चे को अपना समझकर घर ले जाओ और इस गरीब पुजारी का हमेशा खयाल रखना।''

मोगली मन-ही-मन सोचने लगा कि भेड़ियों और इन इनसानों में बिलकुल भी अंतर नहीं है। आज ये इनसान भी मुझे इसी तरह देख रहे हैं जैसे भेड़ियों ने झुंड में शामिल करने से पहले देखा था। अब यदि मैं इनसान की औलाद हूँ तो इन्हें इनसान ही बनकर दिखाऊँगा।

मसुआ मोगली को अपने घर ले गई। उसे बड़े गिलास में दूध व खाने को रोटी दी तथा बहुत प्यार से उसके सिर पर हाथ फेरने लगी। उसे

बार–बार यही खयाल आ रहा था कि कहीं यह उसका वही असली बेटा तो नहीं, जिसे बचपन में शेर उठाकर ले गया था! मसुआ ने मोगली के पैर देखे, जो किसी जानवर के खुरों जैसे कड़े थे। तभी मसुआ ने अपने बेटे के जूते मोगली को दिखाकर पूछा, ''क्या तुम्हें याद है कि मैंने तुम्हें बचपन में जूते दिलाए थे?'' मोगली ने दुःखी मन से जवाब दिया, ''मैंने तो कभी जूतों की शक्ल भी नहीं देखी।''

मोगली को फूस की बनी छत के नीचे सोने में बड़ी बेचैनी महसूस हो रही थी। उसे तो झोंपड़ी पिंजरे के समान लग रही थी। जैसे ही मसुआ ने झोंपड़ी का दरवाजा बंद किया, मोगली खिड़की से बाहर कूद गया और बाहर खुली हवा में जाकर हरी–हरी घास पर लेट गया।

मोगली के बाहर जाने से मसुआ परेशान हो गई। मसुआ के पति ने उसे समझाया, "इसे अपनी इच्छा से काम करने दो। इसमें इसकी गलती नहीं है। यह कभी भी बिस्तर पर नहीं सोया है। तुम केवल इतना याद रखो कि इसे यदि भगवान् ने हमारे पास भेजा है तो यह हमें छोड़कर कहीं नहीं जाएगा।"

उधर खुली हवा में लेटा हुआ मोगली सोच रहा था कि मैं भी कैसा इनसान हूँ, जिसे इनसानों की बोली नहीं आती! उसने इनसानों की बोली सीखने का निश्चय किया। उसने सभी जानवरों की बोली तो जंगल में ही सीख ली थी। अब मसुआ जो कुछ भी बोलती, उसे वह याद कर लेता।

धीरे-धीरे खुली हवा में लेटकर मोगली को नींद भी आने लगी थी। तभी अचानक उसे अपनी ठुड्डी के नीचे कुछ नरम-नरम सा अहसास हुआ। यह एक भूरी सी थूथन माता भेड़िया के बड़े बेटे भूरा की थी। भूरा ने कहा, "मेरे छोटे भैया, क्या तुम हमें भूलकर इनसानों जैसे हो गए हो? तुम्हारे शरीर से लकड़ी के धुएँ और मवेशियों की गंध आने लगी है। जल्दी उठो, मैं तुम्हारे लिए नई खबर लाया हूँ। जिस शेरखान को तुमने लाल फूल से जलाया था, वह अब बहुत दूर जंगल में शिकार करता है।

उसने कसम खाई है कि जब उसके नए बाल उग आएँगे तो वह वापस आकर तुम्हारी हड्डियों को वैन गंगा में बहा देगा।'' भेड़िए भाई से यह खबर सुनकर मोगली बोला, ''भूरा भाई, तुम्हें याद होगा कि झुंड से निकलते समय मैंने इतना याद रखा कि मैं गुफा में रहनेवाले लोगों से बहुत प्यार करता हूँ।''

भूरा भेड़िए से इस मुलाकात के बाद मोगली तीन महीने तक गाँव से बाहर नहीं गया। इस बीच उसने इनसानों की तहजीब, उनके तौर-तरीके पूरी मेहनत और लगन से जल्दी ही सीख लिये। कपड़े पहनना, पैसे का

हिसाब रखना, खेत की जुताई करना आदि काम भी मोगली ने कुछ ही दिनों में सीख लिये।

जंगल में रहकर मोगली ने अपने गुस्से पर काबू पाना तो सीख ही लिया था, जो जंगल में जिंदा रहने व पेट भरने के लिए बहुत जरूरी था। मोगली के अंदर ताकत थी, इसलिए यदि वह चाहता तो मजाक बनाने वाले लड़कों को आसानी से ठिकाने लगा सकता था, लेकिन उसने जंगल में सीखा था कि अपने से कमजोर पर कभी हाथ नहीं उठाना चाहिए।

मोगली को जात-पाँत के बारे में कुछ पता नहीं था। एक दिन कुम्हार का गधा गड्ढे में गिर गया तो मोगली ने गधे की पूँछ पकड़कर उसे गड्ढे से बाहर निकाल लिया और गधे पर लदे बरतन भी दोबारा उसकी पीठ पर रख दिए। गाँववालों को यह देखकर बहुत गुस्सा आया कि मोगली ने नीची जात के कुम्हार की मदद की। पंडित और कुछ गाँववालों ने मिलकर मोगली की शिकायत मसुआ के पति से कर दी। मसुआ के पति ने सोचा कि यह सारा दिन आवारागर्दी करता फिरता है, इसे क्यों न काम-धंधे पर लगा दिया जाए! इसलिए उसने मोगली को गाय-भैंस चराने का काम सौंप दिया।

इस काम की जिम्मेदारी लेकर मोगली बहुत खुश हुआ। उसी रात वह चौपाल पर चला गया। गाँव में गूलर के पेड़ के नीचे एक चबूतरा बना था। जिस पर गाँव के मर्द इकट्ठा होकर गपशप करते तथा हुक्का और बीड़ी पीते थे।

चौपाल पर बैठनेवालों में मुखिया, चौकीदार, नाई और बलदेव शिकारी

प्रमुख थे। बलदेव शिकारी के पास पुराने जमाने की बंदूक थी, जिसे वह अपने साथ रखता था और अपने शिकार की झूठी शेखी बघारता रहता था। चबूतरे में एक छेद था, जिसमें एक कोबरा रहता था। गाँववाले उसके लिए रोज कटोरे में दूध रखते थे और उसकी पूजा करते थे।

चौपाल पर बैठे लोग एक-दूसरे को कभी इनसान की तो कभी भगवान् की कहानी सुनाते थे। ज्यादातर कहानियाँ जंगली जानवरों की ही होती थीं; क्योंकि गाँव के नजदीक जंगल था। कभी जंगली सूअर उनकी फसल खा जाता था तो कभी कोई शेर किसी आदमी को उठाकर ले जाता था। जंगली जानवरों की कहानियाँ बलदेव बड़े मजे से सुनाता था। उसकी कहानियाँ सुनकर मोगली को बहुत हँसी आती थी, क्योंकि उसे जंगली जानवरों के बारे में बहुत कुछ मालूम था।

बलदेव ने अपने साथियों से कहा, "जो शेर मसुआ के बेटे को उठाकर ले गया था, वह कोई मामूली शेर नहीं था। उसके अंदर महाजन का भूत था। क्योंकि जैसे महाजन लँगड़ाकर चलता था, वैसे ही शेर भी लँगड़ाकर चलता था। यह बात बिलकुल सच है। मैंने शेर के पैरों के निशान भी देखे हैं। शेर का जो पैर लँगड़ा है, उसका निशान बहुत हलका बनता है।" बलदेव की बात सुनकर गाँव के दूसरे बुजुर्गों ने भी उसकी हाँ में हाँ मिला दी।

एक दिन मोगली से चुप नहीं रहा गया और उसने कह ही दिया, "तुम्हारी सब कहानियाँ एकदम बकवास और मनगढंत हैं। वह शेर इसलिए लँगड़ाकर चलता है, क्योंकि वह लँगड़ा पैदा हुआ था और जन्म से ही लँगड़ा है। जहाँ तक भूत का सवाल है, तो महाजन गीदड़ से भी डरपोक है, फिर उसकी आत्मा गीदड़ में न जाकर शेर में कैसे चली गई? दो-चार बातों को छोड़कर इन्होंने जो कुछ भी कहा, वह सब गलत है। जंगल के इतना पास रहने पर भी इन्हें कुछ भी पता नहीं है। जब इनकी जानवर संबंधी बातें ही झूठी हैं, तो देवी-देवताओं, परियों, भूतों की बातों पर कैसे विश्वास किया जा सकता है?"

बलदेव की बात को काटने की किसी में भी हिम्मत नहीं थी। मोगली के इस प्रकार बोलने पर बलदेव को बहुत गुस्सा आया। वह मोगली को घूरते हुए बोला, "तुम्हें चरवाहा बनाने का फैसला गाँववालों ने बिलकुल ठीक ही लिया था, जल्दी से उठो और भैंस चराने ले जाओ।"

दूसरे दिन सुबह होते ही मोगली 'रामा' नाम के मोटे-ताजे भैंसे पर बैठकर जंगल के लिए निकल पड़ा। उसके पीछे कुछ और गायों को लेकर दूसरे लड़के भी निकल पड़े। मोगली उन लड़कों का लीडर बन

गया था। उसने उन्हें अपनी हर बात मानने को राजी कर लिया। मोगली ने लड़कों को चेतावनी दी कि गायों को छोड़कर कहीं न जाएँ। खुद मोगली भैंसे पर बैठकर चारागाह के दूसरे किनारे पर चला गया, जहाँ से वैन गंगा नदी जंगल से बाहर आती थी। अब मोगली भैंसे से उतरकर भूरा भाई से मिलने चला गया और उससे शेरखान की खोज-खबर लेने लगा।

भूरा भाई ने कहा, ''छोटे भैया, शेरखान वापस आ चुका है तथा कई दिनों से तुम्हारा इंतजार कर रहा है। तुम्हें मारने का उसका इरादा पक्का है।''

मोगली ने कहा, ''जब तक शेरखान वापस नहीं आता, तब तक तुम

इस चट्टान पर रोज आकर बैठना, ताकि मैं गाँव से बाहर आते ही तुम्हें देखकर समझ लूँ कि अभी शेरखान नहीं आया है, और जब शेरखान वापस आए तो खाई के पास मैदान के बीच में जो ढाक का पेड़ है, तुम उसके नीचे बैठ जाना, जिससे वह हमें देख न सके।''

भूरा भाई से मिलने के बाद मोगली अपनी भैंसों के पास आया और एक छायादार पेड़ के नीचे सो गया। शाम होते ही वह गाय-भैंसों के झुंड के साथ घर वापस आ गया। यह सिलसिला कई दिन तक चलता रहा। मोगली रोज सवेरे मवेशियों को चराने ले जाता और करीब डेढ़ मील से ही चट्टान पर बैठे भूरा भाई की पीठ देखकर समझ जाता कि अभी शेरखान वापस नहीं आया है।

एक-एक करके कई दिन बीत गए। मोगली सुबह-सुबह मवेशी चराने जाता और हरी-हरी घास पर लेटकर अपने आस-पास होनेवाली हर आवाज को बहुत ध्यान से सुनता। जंगल में भले ही मोगली पुराने दिनों की याद में खोया रहता, किंतु उसका ध्यान जंगल में होनेवाली हर आवाज पर रहता था, ताकि वह शेरखान के लँगड़े कदमों की आहट को पहचान सके।

एक दिन चट्टान पर भूरा भाई को न देखकर मोगली समझ गया कि शेरखान आ चुका है। इसलिए उसने भैंसों को ढाक के पेड़ों की ओर हाँक दिया, जहाँ भूरा भाई बैठा मोगली का इंतजार कर रहा था। भूरा भाई ने मोगली से कहा, ''शेरखान तुम्हें धोखा देने के लिए ही इतने दिन बाद वापस आया है, ताकि तुम उसका इंतजार करके थक जाओ और चौकसी ढीली कर दो। वह कल रात तबाकी के साथ वापस लौट आया है और

अब उसे बेसब्री से तुम्हारा इंतजार है। भूरा भाई ने मोगली को बताया कि तबाकी से डरने की कोई आवश्यकता नहीं है। शेरखान की योजना है कि आज शाम को वह गाँव के दरवाजे पर तुम्हारा इंतजार करेगा। सिर्फ तुम्हारा इंतजार, किसी दूसरे का नहीं। इस समय वह वैन गंगा की सूखी खाई में लेटकर आराम कर रहा है।''

भूरा भाई ने मोगली को यह भी बताया कि शेरखान ने सुबह ही एक सूअर को मारकर खाया और भरपेट पानी पिया है; क्योंकि बदला लेने के लिए भी वह भूखा नहीं रह सकता। यही उसकी सबसे बड़ी कमजोरी है।

मोगली मन-ही-मन सोचने लगा कि उस बेवकूफ के सोकर उठने का हमें इंतजार नहीं करना चाहिए। हमें उस रास्ते पर जाना चाहिए, जहाँ से वह आया है। तभी भैंसों को उस शेरखान की बू मिल सकेगी। क्योंकि मैं भैंसों की आवाज न तो समझता हूँ और न ही बोलता हूँ। तबाकी के कहने पर ही उस मूर्ख शेरखान ने बहुत पीछे से नदी पार की होगी, वरना उस बेवकूफ में इतनी बुद्धि नहीं है कि वह इतनी दूर की बात सोच सके।

वैन गंगा की खाई यहाँ से आधे मील से भी कम दूरी पर है। मैं अपने मवेशियों को जंगल की ओर से घुमाकर लाता हूँ और फिर खाई में घुसकर हम शेरखान पर हमला कर देंगे। शेरखान दूसरे रास्ते से भाग न सके, इसलिए हमें मवेशियों को दो बराबर हिस्सों में बाँट देना चाहिए।

मोगली ने भूरा भाई से कहा, ''क्या तुम मवेशियों को दो हिस्सों में बाँट सकते हो? भूरा भाई ने इस काम के लिए अपनी मजबूरी प्रकट की, क्योंकि पहले ही इस काम के लिए वह अकेलाराम को अपने साथ लाया

था। जैसे ही मोगली ने अकेलाराम को देखा तो उसकी खुशी का ठिकाना न रहा और वह खुशी से चिल्लाने लगा–"मैं जानता था कि तुम मेरी मदद जरूर करोगे। तुम बिलकुल सही समय पर आए हो, हमारी मदद करो अकेलाराम। मवेशियों के इस झुंड को दो हिस्सों में इस प्रकार बाँट दो कि एक तरफ गाय और बछड़े तथा दूसरी तरफ बैल और भैंस। मैं तुम्हारा यह अहसान जीवन भर नहीं भूलूँगा।"

अब भूरा और अकेलाराम ने मवेशियों के झुंड में घुसकर उन्हें खदेड़कर जल्दी ही दो हिस्सों में बाँट दिया। भेड़ियों के नकली हमले से घबराकर गाय-भैंस अपने बछड़ों के साथ एक तरफ खड़ी हो गईं और अपने बच्चों को घेरे के बीच में ले लिया। भेड़ियों पर उन्हें बहुत गुस्सा आ रहा था। वे अपने खुरों को पटक-पटककर जता रही थीं कि यदि कोई उनके पास आया तो वे उसे कुचलकर रख देंगी। गायें भैंसों के मुकाबले में अधिक खतरनाक लग रही थीं। मवेशियों के झुंड को दो हिस्सों में बाँटने का काम दो भेड़ियों ने इतनी आसानी से कर दिया कि जिसे एक दर्जन चरवाहे भी नहीं कर सकते थे।

20

अब मोगली अकेलाराम की गरदन पर सवार होकर बोला, "अकेलाराम! तुम बैलों और भैंसों को हाँककर बाईं ओर ले जाओ और हमारे यहाँ से जाने के बाद भूरा, तुम गायों को एक साथ खाई के अंदर हाँक देना तथा हाँककर इतनी गहराई तक ले जाना, जहाँ खाई की दोनों तरफ की दीवारें इतनी ऊँची हों कि शेरखान कूदकर खाई से बाहर न निकल सके।"

भैसों और बैंलों को हाँकते हुए अकेलाराम आगे बढ़ गया। भूरा भाई गायों के सामने आकर खड़ा हो गया। जैसे ही गायें भूरा भाई पर हमला करने लगीं तो वह खाई के मुहाने पर आकर खड़ा हो गया। अकेलाराम बैलों को लेकर बाएँ हाथ की तरफ बढ़ गया। उधर से अकेलाराम को मोगली की आवाज साफ सुनाई दे रही थी कि इन बैल और भैंसों को इतना गुस्सा दिलाओ कि तुम्हारे ऊपर हमला बोल दें। यदि ऐसा हुआ तो हमारा काम बहुत आसानी से हो जाएगा। इन्हें तेजी से हाँकते हुए जंगल की तरफ ले आओ।

सारे नर मवेशी दाएँ हाथ को मुड़कर झाड़ियों को तोड़ते हुए आगे भाग निकले तो चरवाहे बच्चों का झुंड डर गया और गाँव की ओर भागने

लगा। चरवाहे बच्चे जोर-जोर से चिल्लाकर कह रहे थे कि सारे मवेशी पागल होकर हमें छोड़कर भाग रहे हैं।

मोगली चाहता था कि जानवरों का एक बड़ा झुंड घेरा बनाकर पहाड़ी की तरफ से खाई के मुहाने पर पहुँच जाए तो वह बैलों को नीचे खाई में उतार देगा। इस प्रकार शेरखान बैलों और गायों के बीच में फँस जाएगा। मोगली यह बात अच्छी तरह जानता था कि सूअर का मांस खाकर, भरपेट पानी पीने के बाद शेरखान में इतनी ताकत नहीं होगी कि वह इनसे लड़ सके या खाई की ऊँची दीवार फाँद सके।

आगे से मोगली मवेशियों को पुचकार रहा था और पीछे से अकेलाराम उनकी पहरेदारी कर रहा था। क्योंकि वह नहीं चाहता था कि शेरखान को

जरा भी आहट मिले कि मवेशी उसके बहुत करीब हैं। मोगली ने धीरे से सभी मवेशियों को इकट्ठा किया और उन सबको ऐसी घासवाली जगह पर ले गया, जिसका ढलान सीधा खाई के अंदर जा रहा था।

मोगली ने अपनी तीखी नजरों से देखा कि खाई की दीवार ऊँची और सपाट थी, जिस पर चढ़कर कोई भी शेर दीवार नहीं कूद सकता था। मोगली सोच रहा था कि अब मवेशियों को थोड़ी साँस ले लेनी चाहिए, तभी उन्हें शेर की गंध आएगी। अब शेरखान हमारे शिकंजे में है और वह बचकर कहीं नहीं जा सकता।

अब मोगली खाई की ओर मुख करके जोर से चिल्लाया तो उसकी आवाज सारे जंगल में गूँजने लगी। जब यह आवाज शेरखान के कानों में पड़ी तो वह अलसाए स्वर में बोला, "कौन है?" शेर की घबराई आवाज सुनकर मोगली जोर से चिल्लाया, "अरे मवेशीचोर, मैं तेरा बाप मोगली हूँ। तेरी मृत्यु का समय आ चुका है। तेरा आखिरी फैसला आज उसी चट्टान पर होगा।" अब मोगली जोर-जोर से चिल्लाकर कह रहा था कि इन मवेशियों को नीचे खाई में दौड़ा दो। अकेलाराम ने जैसे ही पीछे से जोर की आवाज लगाई तो सारे मवेशी जल्दी-जल्दी खाई में कूद पड़े। अभी सारे मवेशी खाई में थोड़ी दूर ही गए थे कि रामा को शेर की गंध आ गई और वह जोर से रँभाने लगा। बस फिर क्या था? मवेशियों का झुंड रुकनेवाला नहीं था। मोटे-ताजे मवेशी खाई में तेजी से दौड़ रहे थे और कमजोर मवेशी दीवार के सहारे-सहारे भाग रहे थे। इन मवेशियों के झुंड का हमला इतना तेज था कि उसका मुकाबला करने में शेर भी असमर्थ

था। मवेशियों के खुरों की तेज आवाज को सुनकर शेरखान उठकर बैठ गया। उसने चारों तरफ देखा, लेकिन उसे कहीं भी भागने का रास्ता दिखाई नहीं दिया। क्योंकि खाई की दीवारें भी एकदम सीधी थीं और सूअर के मांस तथा पानी से शेर का पेट इतना भरा हुआ था कि उसमें मवेशियों के हमले का मुकाबला करने की हिम्मत नहीं रह गई थी।

जिस पोखर में शेरखान सो रहा था, उसी में मवेशियों के खुरों से छपाक की आवाज हुई। एक तरफ खड़े मवेशियों की चिल्लाहट का जवाब दूसरी तरफ खड़े हुए मवेशी भी दे रहे थे। अब शेरखान ने सोचा–यदि मुकाबला करना ही है तो भैंसा-बैलों, यानी नरों से मुकाबला करना चाहिए। तभी रामा लड़खड़ाकर गिर पड़ा और उसके पैर किसी नरम चीज में जा धँसे। दूसरे जो बैल-भैंसे रामा के पीछे थे, वे भी दूसरे झुंड से जाकर टकरा गए। इस दो तरफा हमले में दोनों झुंड सपाट जगह पर आ मिले। दोनों झुंडों के मवेशी गुस्से में खुर पटक रहे थे। अब मोगली रामा की पीठ से नीचे उतरकर उसे दाएँ-बाएँ हंकारने लगा। मोगली चिल्ला रहा था–"अकेलाराम, जल्दी करो, इन्हें हंकारकर झुंड को तितर-बितर कर दो, वरना ये आपस में ही लड़कर मर जाएँगे।"

भूरा और अकेलाराम मवेशियों की टाँगों में अपने पैने दाँत गड़ाकर उनको इधर-उधर भगाने का प्रयास कर रहे थे। मोगली ने बड़ी मुश्किल से रामा को काबू में करके बाहर की तरफ मोड़ दिया तो बाकी मवेशी भी बाहर की ओर दौड़ने लगे।

अब शेरखान को मवेशियों के खुरों के नीचे कुचल जाने का कोई डर नहीं था, क्योंकि वह मर चुका था। आसमान में उड़नेवाली चीलों ने भी धीरे-धीरे नीचे उतरना शुरू कर दिया था। मोगली मन-ही-मन सोच रहा था कि वास्तव में यह कुत्ते की मौत मरा है। चलो, अब इसकी खाल पंचायती चट्टान की शोभा बढ़ाएगी।

जब से मोगली इनसानों के बीच में रहने आया था, तब से वह अपने गले में चाकू डालकर घूमता था, क्योंकि वह जानता था कि शेरखान उससे कभी लड़ने की हिम्मत नहीं करेगा। इनसान के बीच में पले हुए किसी बच्चे में भी इतनी हिम्मत नहीं थी कि वह शेर के शरीर से खाल उतारने की बात भी अपने मन में सोचे। लेकिन मोगली अच्छी तरह से जानता था कि खाल शरीर पर कैसे मढ़ी रहती है और कैसे उतारी जाती है। यह काम मुश्किल था, लेकिन मोगली एक घंटे तक हड्डियों से खाल को अलग करने में लगा रहा। दोनों भेड़िए इस काम में बराबर मोगली की

मदद करते रहे।

तभी बलदेव ने वहाँ आकर मोगली का कंधा जोर से थपथपाया, क्योंकि जब चरवाहे बच्चों ने मवेशियों की भगदड़ के बारे में बताया तो बलदेव अपनी पुरानी बंदूक लेकर वहाँ आ गया था। बलदेव बहुत गुस्से में था। शायद वह मोगली की पिटाई करने के इरादे से वहाँ आया था, ताकि मोगली अपना काम ठीक से करे और दोबारा गलती न करे।

बलदेव गुस्से में बोला, ''मोगली तुम अपने को बहुत बहादुर समझते हो, जो इस लँगड़े शरीर की खाल निकाल रहे हो। इस शेर पर पूरे सौ रुपए का इनाम सरकार की तरफ से घोषित किया गया है। हम कान्हीवाड़ा के सरकारी दफ्तर से मिलने वाले इनाम में से तुम्हें भी एक रुपया देंगे और तुमने भैंसों में जो भगदड़ मचाने की गलती की है, उसे भी माफ कर देंगे।'' तभी बलदेव ने अपनी जेब से चकमक पत्थर और लोहे का टुकड़ा निकाला और शेर की मूँछ जलाने लगा, क्योंकि शिकारी मानते हैं कि यदि मरे हुए शेर की मूँछों के बाल जला दिए जाएँ तो शेर का भूत उनका पीछा नहीं करता।

बलदेव बोलता ही जा रहा था, ''अरे लड़के! तेरी किस्मत अच्छी थी कि यह शेर मर गया। यह तो गाँव के मवेशियों की बेवकूफी से मरा है।

नालायक, यदि इस शेर का पेट खाली होता तो यह यहाँ से बीस मील दूर भाग जाता। तुम तो शेर की खाल भी ठीक से नहीं उतार सकते। तुम्हारी इतनी हिम्मत कि मुझ जैसे बड़े शिकारी को इसकी मूछें जलाने से रोको! तुम्हें इनाम की रकम में से एक इकन्नी भी नहीं मिलेगी। शेर की लाश से दूर हट जाओ।''

बलदेव की बकवास सुनते-सुनते मोगली तंग आ चुका था। उसने मन-ही-मन सोचा कि मैं इस पागल की चें-चें का कब तक जवाब देता रहूँ। ''अकेलाराम, जरा इधर तो आओ, यह पागल कब से मेरा दिमाग खा रहा है।''

दूसरे ही पल एक भूरे भेड़िए को देखकर बलदेव जमीन पर गिर पड़ा और भूरा भेड़िया बलदेव के ऊपर अपने अगले पैर रखकर खड़ा हो गया। अब मोगली चुपचाप खाल उतारने के काम में लगा रहा। थोड़ी देर बाद मोगली ने कहा, ''सुनो, इस लँगड़े शेर और मेरे बीच में बहुत पुरानी लड़ाई थी। आज यह लड़ाई मैंने जीत ली है।''

बलदेव मन-ही-मन सोच रहा था कि यदि दस साल पहले मेरा मुकाबला इस भेड़िए से होता तो शायद मैं इसका मुकाबला कर पाता! लेकिन यह भेड़िया तो इस बच्चे का गुलाम है और बच्चा तो शेर से भी अधिक खतरनाक है। यह कहीं जादू-टोना या भूत-प्रेत की माया तो नहीं! यह सोचकर बलदेव ने अपने गले में बँधे ताबीज को छुआ और जितने भगवान् के नाम उसे याद आए, उन्हें जपने लगा। बलदेव डर के मारे काँप रहा था कि कभी मोगली शेर का रूप धारण न कर ले। बलदेव रोते हुए बोला, ''देखो मोगली, मुझे नहीं मालूम था कि तुम इतने शक्तिशाली और ताकतवर हो! अब मैं बूढ़ा हो गया हूँ। मुझे माफ कर दो और जाने दो।''

मोगली की इजाजत पाकर बलदेव घबराकर गाँव की ओर भागने लगा। उसे डर था कि मोगली कहीं शेर या चीते का रूप धारण करके उसका पीछे न करने लगे। गाँव जाकर उसने सारे गाँव को इकट्ठा करके जो कुछ देखा था, वह सब बता दिया। गाँववाले भी इस कहानी को सुनकर बुरी तरह डर गए।

दोनों भेड़ियों के साथ मोगली खाल उतारने के काम में जुटा रहा। शाम होने तक खाल उतारने का काम पूरा हो पाया। शेर की खाल डूबते सूरज की रोशनी में बहुत चमक रही थी। मोगली ने खाल को छिपा दिया और भैंसों के झुंड को लेकर गाँव की ओर चल दिया। गाँव के नजदीक पहुँचने पर रोशनी के बीच में मंदिर में शंख और घंटों की आवाज सुनाई दी। मोगली ने सोचा कि मैंने शेरखान को मारकर इनकी रक्षा की है, इसलिए गाँववाले मेरे स्वागत के लिए इकट्ठा हुए हैं। मगर यह क्या? गाँववाले मोगली के ऊपर पत्थरों की बौछार करने लगे और चीख-चीखकर बोले, "जादूगर, भेड़िए की संतान, यहाँ से दफा हो जा। वरना हमारा यह पंडित तुम्हें फिर से भेड़िया बना देगा। अरे बलदेव, जल्दी अपनी बंदूक लाकर गोली चलाओ। यह बचकर नहीं जाना चाहिए।"

तभी बलदेव की बंदूक से जोरदार धमाका हुआ। गोली बलदेव की भैंस को लगी। सभी गाँववाले चिल्लाने लगे—"अरे, यह तो कोई जादूगर है, जो बंदूक की गोलियों का रुख बदल रहा है!"

मोगली के ऊपर पत्थरों की बौछार होते देखकर अकेलाराम ने कहा, "ये लोग भेड़ियों के झुंड के समान ही हैं, जिन्हें तुम अपना समझते हो, पर गाँववाले तुम्हें अपना नहीं समझते। भेड़ियों के झुंड ने जैसे तुम्हें झुंड के

बाहर किया, वैसे ही ये लोग भी तुम्हें अपनी बिरादरी से बाहर कर रहे हैं।''

मोगली ने दुःखी होकर अकेलाराम से कहा, ''अब चलो यहाँ से। पिछली बार मुझे इनसान कहकर जात बाहर किया गया था और अब 'भेड़िया' कहकर जात बाहर किया जा रहा है।''

तभी भीड़ में से मसुआ की आवाज आई—''मेरे बच्चे, ये लोग कहते हैं कि तुम तांत्रिक हो, इसीलिए कभी इनसान तो कभी जानवर का रूप बना लेते हो। मुझे इन गाँववालों की बात पर जरा भी विश्वास नहीं है। तुमने नाथू की जान लेनेवाले उस शेर को मारा है, इसलिए मैं चाहती हूँ कि तुम यहाँ से चले जाओ, वरना ये लोग तुम्हें भी मार डालेंगे।''

तभी एक पत्थर मोगली के मुख पर आकर लगा। इस समय मोगली बहुत गुस्से में था। लेकिन उसके दिल में मसुआ के प्रति स्नेह था। मोगली ने कहा, ''अलविदा मसुआ, अब तुम घर जाओ। मैं कोई जादूगर नहीं हूँ। ये मूर्ख लोग चौपाल पर बैठकर बेवकूफी भरी बातें करते हैं और तुम उन पर यकीन करती हो। मैंने तुम्हारे बेटे का बदला तो चुका दिया है, जल्दी घर जाओ। अब मैं इन लोगों के ऊपर भैंसों को छोड़नेवाला हूँ। ये भैंसें इन पर जोरदार हमला करेंगी।''

22

भैंसों को किसी के हंकारने की जरूरत नहीं थी। वे अकेलाराम की गुर्राहट सुनते ही तेज गति से आगे बढ़ गईं। अब मोगली चिल्ला रहा था–"गाँववालो, मैं आज के बाद कभी तुम्हारी भैंस नहीं चराऊँगा। अपनी भैंसों की गिनती कर लो। तुम्हें तो मसुआ का अहसान मानना चाहिए, जिसने मुझे इतना प्यार दिया। मसुआ के प्यार की खातिर मैंने तुम्हारी जान बख्शी है, वरना भेड़ियों को बुलाकर तुम्हें जान से मार डालता।"

आकाश में तारे निकल चुके थे। मोगली मन–ही–मन बहुत खुश था कि उसे अब कभी पिंजरे में नहीं सोना पड़ेगा। हमेशा की तरह वह खुले आसमान के नीचे सोएगा। शेरखान की खाल लेकर मोगली जंगल की ओर चल दिया। चाँद की रोशनी ऐसी लग रही थी, जैसे मैदान में किसी ने सफेद चादर बिछा दी हो। सभी गाँववालों ने मोगली को दो भेड़ियों के साथ जाते हुए देखा। उन्हें देखकर गाँववालों ने मंदिर में शंख और घंटे जोर–जोर से बजाने शुरू कर दिए। घंटों और शंख की तेज आवाज में मसुआ के रोने की आवाज दबकर रह गई। बलदेव जंगल में जो कुछ

हुआ, उसे बढ़ा–चढ़ाकर सारे गाँववालों को बता रहा था। रात खत्म होने से पहले ही दोनों भेड़िए मोगली के साथ पंचायती चट्टान पर होते हुए गुफा में आ गए।

मोगली गुफा के बाहर ही चिल्लाने लगा–''माँ! मुझे इनसानों ने झुंड से बाहर निकाल दिया है। मैंने शेरखान की खाल लाने का जो वादा किया था, उसे पूरा कर दिया है।'' मोगली को देखकर माता भेड़िया अपने बच्चे के साथ बाहर आई और मोगली को गले से लगा लिया। माता भेड़िया की आँखों में खुशी की चमक थी।

माता भेड़िया खुश होकर बोली, "मोगली, उस शेर को मारकर तुमने अच्छा काम किया। जिस दिन शेरखान ने गुफा के दरवाजे में तुम्हें खाने के लिए अपना सिर घुसाया था, मैंने उसे बता दिया था कि यही बच्चा एक दिन तुम्हारा शिकार करेगा। शाबाश मोगली, शाबाश!"

तभी झुरमुट के पीछे से बघीरा बोला, "बहुत खूब, मेरे छोटे भैया! तुम्हारे बिना जंगल में हमें बहुत अकेलापन महसूस हो रहा था। तुमने यहाँ आकर बहुत अच्छा किया। सब लोग इकट्ठा होकर पंचायती चट्टान पर गए तथा मोगली ने उस पर शेरखान की खाल बिछा दी। अकेलाराम उस खाल पर बैठकर पंचायत के लिए भेड़ियों को बुलानेवाली आवाज लगाने लगा।

जब से अकेलाराम नेता की गद्दी से हटाया गया था, तब से भेड़ियों का कोई नेता नहीं था। इसलिए सब भेड़िए अपनी इच्छा से अकेले ही शिकार करते थे। जैसे ही भेड़ियों ने अकेलाराम की आवाज सुनी, तो वे चट्टान के चारों ओर इकट्ठा हो गए। कोई लीडर न होने के कारण कुछ भेड़िए पिंजरे में फँसकर लँगड़े हो गए, तो कुछ शिकारी की गोली से घायल। कुछ भेड़िए तो ठीक से खुराक न मिलने के कारण पागल कुत्ते जैसे हो गए थे। लेकिन अकेलाराम की पुकार सुनकर, जो जिस हालत में था, वह तुरंत पंचायती चट्टान पर पहुँच गया। जब भेड़ियों ने शेरखान की खाल और खाल से लटकते हुए बेजान नाखूनों को देखा तो वे सब दंग रह गए। मोगली तुरंत उठा और शेरखान की खाल पर उछल-कूद

करते हुए गाना गाने लगा। मोगली बिना सुर–ताल और तुकबंदी के ही गाना गा रहा था और अपने पैरों से शेरखान की खाल को कुचल रहा था। मोगली के इस बेसुरे गाने में भूरा भाई और अकेलाराम भी साथ दे रहे थे।

गाना खत्म होने के बाद मोगली चट्टान पर तनकर खड़ा हुआ और बोला, ''अरे भेड़ियो, अच्छी तरह से देखकर बताओ, क्या मैंने अपना वादा पूरा किया है?'' सारे भेड़ियों ने एक साथ गुर्राकर कहा, ''हाँ मोगली, तुमने अपना वादा पूरा किया है।''

तभी एक घायल भेड़िए ने जोर से कहा, ''अकेलाराम, तुम फिर से हमारे लीडर बनो। बिना लीडर के हम सब बहुत परेशान हो चुके हैं। हम अब कायदे-कानून के बिना रहना नहीं चाहते। हम फिर से आजाद बनना चाहते हैं।'' सब भेड़ियों ने एक साथ कहा, ''मोगली, तुम हमारे नेता बन जाओ।''

बघीरा भी गुर्राकर बोला, ''हट जाओ यहाँ से, कोई तुम्हारा नेता नहीं बनेगा। यदि तुम्हारा पेट भर जाए तो तुम लोग पागल हो जाते हो। बेकार में ही तुम्हें 'आजाद' नहीं कहा जाता। तुमने आजादी की लड़ाई लड़ी है और अच्छी तरह से अपनी आजादी प्राप्त की है। अब इस आजादी से अपना पेट भरो, इस आजादी को खाओ, ओढ़ो और बिछाओ तथा जो मन में आए करो।''

अब मोगली ने भी अपने मन की बात कह डाली-''भेड़ियों के झुंड और आदमियों के झुंड, दोनों ने मुझे जात से बाहर किया था। इसलिए अब मैं जंगल में अकेले ही शिकार करूँगा।'' माता भेड़िए के चारों बेटों ने कहा कि मोगली हम भी तुम्हारे साथ शिकार करेंगे।

इस प्रकार मोगली अपने भाइयों के साथ जंगल में शिकार करने लगा। कई साल जंगल में रहने के बाद मोगली फिर इनसान बन गया। बाद में विवाह करके उसने अपना घर भी बसा लिया था।